72 HEURES

Couverture et conception graphique : Caroline Lainé
Relecture : Jean-Marc Lastrade
Photos de l'auteur : Martin Bureau/AFP

72 heures est une nouvelle version d'une histoire écrite en 2005, et parue sous le titre *Arrêt de mort,* Le Félin

Dépôt légal : décembre 2014
N° Éditeur : 978-2-37047
N° Imprimeur : 2013094
Imprimé en France par CPI Bussière

www.editionslajouanie.com

Philippe Bilger

72 HEURES

LaJouanie

PREMIER JOUR

1

Comme ils ont l'air stupide, ces jurés ! Pendant le tirage au sort, à dix heures, je les ai vus hésiter avant de venir s'installer à leur place de juges, et ceux qui étaient récusés ont manifesté clairement leur mécontentement. Ils ne comprenaient pas qu'on pût les exclure de ce grand jeu auquel ils se réjouissaient de participer, en dépit de leur inquiétude. Pensez donc, un meurtrier ! Je les regarde, visage après visage, et, si j'avais eu la moindre illusion, j'avoue que j'aurais vite déchanté. Durant trois jours, je vais confier mon être, mon honneur à ces gens-là. Quelle influence vont exercer sur les neuf jurés les trois magistrats ? Je n'en sais rien. De ces douze personnes – derrière, il y a aussi deux jurés supplémentaires qui ne participeront sans doute pas au délibéré – va dépendre mon destin. Quel grand mot, mon destin ! Je ne vais pas me mettre à parler le langage du décor où je me trouve. Quand je suis entré dans le box, menotté et encadré par deux gendarmes, je me suis fait l'effet d'un taureau pénétrant dans l'arène sous le regard fasciné de ceux qui affectent une curiosité de bon aloi, et qui attendent la mise à mort. Ils savent que la peine capitale n'existe plus mais perçoivent avec intuition qu'il est mille manières de l'infliger. Par le silence imposé ou l'humiliation, par la dérision, le mépris ou la condescendance, par l'attention creuse et formelle, par un semblant d'humanisme à chaque seconde contredit, par une sanction absurde et implacable, par l'innocence bafouée. Parce que je suis innocent et qu'en même temps, me disant cela, je ne suis pas loin de me trouver ridicule avec ma conscience et mes illusions. Tout concourt si naturellement à me persuader de ma culpabilité que je me sens presque enclin à douter de moi-même. Pourtant, je suis innocent. Je n'ai rien fait. Le jury m'observe avec des yeux ronds et abrutis. Il s'attendait à voir quoi ? Une bête, un monstre, un phénomène de foire à quatre mains et autant de jambes ? Dans la salle d'audience, je ne connais personne. Tout seul dans cet étrange univers, quelle va être mon attitude ? Vais-je jouer le jeu de l'accusé poli et méritant, vais-je me taire, vais-je me battre ? Mon avocat, assis devant moi, ne me sera d'aucun secours, c'est clair. Je l'ai vu une fois avant le procès : petit gommeux plus préoccupé de lui que de moi, s'écoutant parler avec suffisance. Il m'a tendu la main tout à l'heure comme s'il me faisait cadeau de sa présence et de son infinie qualité.

C'est ma faute, je n'ai pas voulu un avocat de grande réputation. Pourtant, beaucoup de noms m'ont été soufflés en prison, mais je ne souhaitais pas m'encombrer d'un conseil qui m'aurait fatigué à force de recommandations et d'interdictions. Et je n'aurais pas eu de quoi régler les honoraires, d'après ce que je sais des tarifs pratiqués. Alors, je l'ai jouée modeste ! Avec la vanité de mon petit maître, cela fera une moyenne. La vérité est que je pars battu car ce que j'ai vu de la justice durant deux ans d'instruction m'a enlevé toute illusion. Cet avocat ou un autre, quelle importance ? Je ne tiens pas à jouer leur jeu, grand avocat, respect, dialogue et, au bout, la condamnation qui tombe. Je flotte dans cette salle trop grande pour moi. Je ne suis pas à ma place. Pourtant, c'est à moi, maintenant. La présidente me questionne sur mon identité, mon domicile, ma profession. Je me lève et je réponds. La politesse d'une vie ne s'oublie jamais.

La lecture de l'ordonnance de ma mise en accusation est une épreuve pour tout le monde. La greffière écorche les noms propres, hésite sur les termes techniques et découpe les groupes de mots dans les phrases en dépit du bon sens. Je ne suis pas persuadé qu'on puisse avoir une vision limpide de ce qui m'est reproché à la suite de ce pensum. On comprend certes l'essentiel, qui me renvoie devant la cour d'assises de Paris pour un homicide volontaire commis sur la personne de Marie Boise… Je ne peux pas dire que j'ai écouté avec une attention soutenue cette longue litanie. Mais des éclats, comme sortis du texte, viennent me provoquer l'esprit. Les noms de personnes que j'ai connues, sexe, drogue, nuits, partouzes, disputes… La lecture terminée, un silence se fait, qui dure quelques secondes. Il y a comme un suspense avant d'affronter le gros du travail.

2

La présidente, Madeleine Dubois, a du charme et de l'allure. Elle s'exprime d'une voix murmurée qui, à l'audience, contraint le public à une extrême concentration proche de la souffrance. Les procès, avec elle, relèvent plus de la messe que du théâtre, voire de la cérémonie mondaine ou du salon de thé. Les journalistes et la plupart des avocats l'adorent, non pas parce qu'elle aurait des choses capitales à dire, mais à cause de cette amabilité constante qui leur donne de l'importance et leur fait croire qu'ils l'ont dans leur manche. Côté cour comme côté jardin, elle offre cette même physionomie qui fait espérer les hommes et ne rebute pas trop les femmes, car Madeleine est foncièrement gentille. Quelques esprits grincheux, certes, trouvent agaçante sa propension à terminer chacune de ses phrases par un sourire, qu'elles soient destinées à un accusé, un témoin ou un expert. Comme si elle voulait séduire tout le monde, criminels, policiers et gendarmes compris. Ce mélange de tragédie et de flirt judiciaire est étonnant. En tout cas, il plaît beaucoup aux jurés. Rien qui, chez cette femme, ressemble à l'image du magistrat, rien qui suscite la crainte ou l'hostilité. Ils ne sont pas dépaysés, ces citoyens venus sans enthousiasme dans le monde de la justice, puisque la présidente est comme eux, pensent-ils, et ils n'ont pas tort. Alors, très vite, ils en profitent. Ils prennent leurs aises, parlent entre eux et n'hésitent pas, pour certains, à fuir la réserve que leur mission impose. Lors des suspensions, fait-on remarquer à Madeleine Dubois ces comportements pour les déplorer qu'elle vous regarde avec une grande douceur en disant qu'elle vous comprend et qu'elle y mettra bon ordre. L'audience reprise, tout continue, bien sûr, sur le même registre. Comment ne pas être désarmé par cette redoutable méthode que la présidente applique avec un art consommé : celle de l'impuissance conviviale ? Je n'y peux rien mais je souris. Apparemment, il en est un qui reste imperméable à ce charme manifesté sans retenue : c'est l'accusé. Sans en être piquée, Madeleine s'étonne tout de même de sentir une telle résistance. Calme, presque sombre, il répond comme il convient, avec intelligence mais brièveté, aux questions qu'elle lui pose sur sa vie. Il est présent, certes, mais d'une présence qui, à l'évidence, distrait une part importante de lui-même à ses juges. La présidente songe que cet homme est singulier, qui sait se tenir à égale distance de la grossièreté et de la soumission. Il est âgé de quarante-cinq ans. Son visage ressemble à un paysage chaotique et contrasté, la beauté des yeux mettant en valeur l'atypisme de la structure. Cette existence ne prendra pas beaucoup de temps à la justice. Nulle dérision dans ce constat. Madeleine Dubois a beaucoup de conscience professionnelle.

3

Je suis là et je ne suis pas là. J'ai toujours connu cette sorte de dédoublement très commode qui me permet de participer mais aussi de m'échapper quand je le désire. On me traitait, ma mère notamment, de lunaire et de distrait mais ce n'est pas cela. Je ne fuis pas la réalité par principe, mais elle présente tant de béances et de trous, tant de steppes arides et désolées que j'ai cultivé, avec une rigueur qui ressemble bien à mon caractère, ce moyen de m'exiler heureusement. C'est pareil ici. Je sens bien que, rien que par tactique, je devrais accomplir un effort pour me montrer plus complaisant, plus attentif à ce groupe de personnes qui continue à me faire très mauvaise impression. Ils ne sont pas nombreux à prendre des notes et certains semblent se soucier de mon procès comme d'une guigne. En particulier, il y a un chevelu à la tenue douteuse qui parle sans cesse à ses voisins, sourit bêtement et n'a pas l'air de percevoir l'endroit où il se trouve. Dans ma vie d'homme libre, j'ai assisté à quelques procès correctionnels et criminels, avec une curiosité fascinée qui m'enseignait à quel point j'étais sensible au partage lumineux du Bien et du Mal. C'est la première fois, en revanche, que je constate une telle désinvolture, et c'est à mon procès ! On serait pourtant en droit d'attendre d'un citoyen investi de l'honneur de juger ses semblables davantage d'allure et de sérieux.

Quand on peut infliger une réclusion criminelle de trente ans pour meurtre — la présidente vient de me faire part de ce que je risquais —, on offre à l'accusé une image de soi qui puisse le rassurer sur le sérieux avec lequel on abordera cette succession d'instants capitaux que constitue un procès. Qu'ai-je donc à me soucier de l'esthétique d'une audience réussie ? Comme si ce n'était pas de mon destin qu'il s'agissait ! Toujours dedans et dehors. Comme si l'existence n'avait de sens qu'écartelée, comme s'il fallait, en permanence, que je me déchire ! Cela n'a rien à voir avec le clivage dont un expert psychiatre a cru bon de faire état dans un rapport. Au fond, je n'ai jamais été tout entier dans ce que le hasard des jours a inventé pour moi. J'ai pensé tout à l'heure que c'était commode mais il faut que j'avoue – ce n'est pas l'aveu qu'on attend de moi ! – que ça m'a souvent fait mal. Longtemps, cela m'a conduit à appréhender tout ce que je vivais comme une sorte de prélude à un monde grandiose… qui n'est jamais venu. J'ai tort, il est venu. Je réponds presque mécaniquement aux interrogations de la présidente et aux rares questions de l'avocat général, un gros type rougeaud qui n'a pas l'air d'avoir inventé la poudre, même judiciaire. On a parcouru consciencieusement mon histoire, de ma naissance à mes trente ans, puis celle de mes parents, on a enfin parlé de mes deux frères. Il y a encore treize ans à raconter puisque je tiens pour rien mes deux ans de détention provisoire. J'ai tenté de dire le vrai dans la mesure où mes réponses n'engageaient pas grand-chose même si je devine bien que l'accusateur borné qui se trouve en face de moi, à portée de voix, de regard et d'hostilité, croit trouver ici ou là de quoi m'accabler. Mais l'essentiel est ailleurs. Derrière les dates et la chronologie, derrière les études et les appréciations des professeurs, derrière les éloges des proches et des amis, derrière l'existence offerte à tous, il y a la vie profonde, vraie et souvent contraire à l'apparence. C'est encore plus net au cours de cette première journée d'audience où certains tentent d'approcher avec une bonne volonté touchante ce qu'ils appellent ma vérité. Impossible à atteindre, d'abord parce que je ne la connais pas moi-même, et puis un procès rigidifie et simplifie. Il faudrait pouvoir parler durant des heures et ne pas sentir que chaque mot est guetté pour confirmer le pire, chaque mimique observée pour valider un jugement déjà presque rendu. Je ne suis pas le seul à percevoir les limites d'un tel exercice. L'un des deux magistrats qui entourent la présidente, une jeune femme brune au regard vif – tout le contraire des jurés ! – m'a posé tout à l'heure une question qui montrait que, pour elle aussi, rien n'était simple. « Qu'auriez-vous envie de dire de votre vie, avec le recul ? » m'a-t-elle demandé. Interrogation qui m'a obligé à sortir un peu de cette réserve et de cette brièveté dont je me suis fait une règle ici. J'ai répliqué que je la voyais comme un chaos, comme un indéniable désastre, mais aussi comme un formidable bonheur. On a pris cela, elle la première, pour un paradoxe, alors que c'était l'évaluation la plus fine possible de mon sentiment actuel. Il allait falloir, je ne sais pas quand, parler d'elle, de la victime, de Marie, de mon amour.

Personne n'était présent sur le banc de la partie civile. Pourtant, Marie m'avait parfois entretenu de sa mère Clotilde, qu'elle adorait et détestait, et des mille empoignades qui avaient donné du sel et de l'intensité à leurs rapports. Ces deux personnalités ne trouvaient du prix que dans la résistance, avec des manifestations d'affection qui tournaient à l'idolâtrie et les laissaient tellement étonnées qu'elles reprenaient vite pied dans leur monde habituel, fait d'une incessante chicane. Marie avait aussi évoqué, devant moi, son frère Antoine, plus jeune qu'elle et auquel la liait une complicité forte qu'il m'était arrivé de jalouser. Pourquoi la mort de Marie n'avait-elle rien entraîné de leur part ? Ils avaient été entendus par le juge d'instruction, c'est tout. J'étais persuadé de les trouver en face de moi, et qu'ils montreraient cette assurance que donne un chagrin véritable. Personne, même pas un avocat pour les représenter. J'avais cru comprendre, lors de l'appel des témoins, que Clotilde Boise serait entendue, mais je n'en étais pas sûr, l'huissier ayant ânonné les noms. Peut-être la disparition de Marie, dont je n'étais pas coupable – je me le répétais comme si c'était moi-même que je devais convaincre –, demeurerait-elle dans mon regret et ma douleur seulement, avec mes songes et mes souvenirs comme unique hommage. Le bruit de fond de l'audience, sorte d'insignifiance sonore puisque j'ai l'impression que tout est déjà écrit, n'entrave pas le cours de ma réflexion à propos de tout et de rien, ni ma découverte d'un monde où l'angoisse, à force d'être ritualisée, devient aseptisée. Mon petit maître, Olivier Gras, est heureusement très peu intervenu. Je craignais le pire, la suffisance s'accommodant en général assez mal de l'alternance d'action et d'abstention qu'appelle l'intelligence du procès, du moins c'est ce que j'avais compris en observant le comportement de très grands avocats. Tout de même, il devait ronger son frein car soudain, je le vois se lever, se tourner vers moi et, d'un air grandiloquent, me demander quels sont mes projets à ma libération. Tactiquement, cela me paraît le comble de la maladresse, faisant croire aux jurés qu'ils sont du côté de la défense, comme si tout le reste allait compter pour rien. En plus, je suis à mille lieues de songer à mon avenir, interdit de futur à cause de ces journées où le crime sera au centre de tout, et le fait que je sois innocent ne change rien à cette évidence de l'horreur et de la tragédie. Que répondre à ce malheureux qui, dans un autre genre, me tapait presque autant sur les nerfs que mon accusateur forcené ? Qui allait pouvoir vraiment me défendre, alors que mon avocat m'insupportait et que je doutais fort de pouvoir convaincre de la justesse de ma cause en ressassant avec une sorte d'amère complaisance que les jeux étaient faits ? J'ai murmuré que mon avenir ne m'intéressait pas, offrant, une nouvelle fois, une belle opportunité à l'homme en rouge. Presque physiquement, d'une manière infiniment palpable, mon attitude, perçue pour de l'indifférence ou du cynisme, suscite le désappointement. Je le conçois : ce serait un autre que moi, je m'indignerais devant un tel comportement. Hélas, je suis moi.

4

Il est coupable, c'est clair comme de l'eau de roche. Il se fout de nous, en plus. On va lui apprendre… L'avocat général a déjà son discours tout armé dans la tête. Malheureusement, il doit attendre.

5

Il est douze heures quarante-cinq. La suspension pour déjeuner est prévue jusqu'à quatorze heures. Je suis ramené par mes gardes dans un local proche où je vais pouvoir me sustenter avec le peu qui m'a été donné ce matin à mon départ de la prison, et qui va être réchauffé, paraît-il. Quelle importance ? Ce n'est pas la première fois que je remarque comme on s'habitue vite aux ruptures d'existence, sous réserve d'une décence minimale. Moi qui, hier, tenais pour beaucoup l'art de bien manger et de vivre, la douceur et la beauté des choses et le commerce agréable des êtres, voilà que je me satisfais d'une gamelle sans goût, d'un lieu sans grâce et de compagnons qui, pour la plupart, ne m'inspirent pas une forte sympathie, en dehors de celle qui naît naturellement d'un désespoir partagé. Avec mes gardes qui ont vite compris que je ne serai pas un « client » difficile, les rapports ont pris un tour de surveillance routinière et tranquille. On échange même quelques mots et ils m'apprennent que, ce matin, il y a eu un article sur l'affaire dans *Le Parisien*. Ils savent que, dans l'après-midi, la salle sera pleine avec, notamment, les quelques habitués qui ne manqueraient pour rien au monde un procès important, qui savent mieux que quiconque discriminer les talentueux et les médiocres et deviner la décision qui sera rendue. Je ne suis pas sûr d'aimer cette affluence et cette médiatisation, même réduite. Non que j'aie l'intention de lâcher des secrets ou de donner des noms, mais je sors d'un monde dont, pour l'avoir fréquenté plus d'une dizaine d'années, j'ai mesuré le cynisme, la frivolité, la cruauté et surtout le mépris pour les gens ordinaires, ceux qui végètent dans les territoires paisibles où l'ennui s'accorde avec le culte des valeurs traditionnelles. Comment avais-je pu aborder ces rivages si nouveaux pour moi, alors que ma jeunesse et le début de mon âge d'homme me proposaient une autre destinée ?

Tout à l'heure, évoquant mes trente premières années, j'avais davantage confirmé les affirmations de la présidente que pris l'initiative d'un récit me conduisant à affronter les vérités profondes que la banalité du quotidien permet d'occulter. Je sentais pourtant que je n'en étais pas quitte avec moi-même et qu'il me fallait revenir au centre de moi, de ma famille, de mes passions d'alors, pour mieux convaincre (si j'acceptais de me laisser un tantinet bercer par de l'optimisme judiciaire !). Mais quand, par où et par qui commencer ? J'ai si peu de souvenirs de ma petite enfance que j'en suis effrayé. Combien de fois me suis-je extasié devant ces maturités capables de se rappeler dans les moindres détails les débuts de leur histoire, avec cette certitude née du bonheur de pouvoir asseoir sur un socle sûr, stable et riche les hasardeux développements du temps ! Je tente de percer l'opacité de la nuit et, par fulgurances, dans une sorte de brouillard cotonneux où éclateraient de vives lumières fragiles, m'apparaissent le visage et les beaux cheveux blancs de ma grand-mère maternelle marchant dans une allée, la silhouette de ma mère se penchant sur moi pour m'embrasser dans un crépuscule déchirant de mélancolie, mon père tout enveloppé de blondeur en train de gesticuler, et des images de mes deux frères Julien et Paul. Parfois, d'autres fragments s'imposent mais rien ne me semble frappé du sceau de cette ancienneté qui rassure sur la qualité de sa constitution psychologique. C'est angoissant. C'est comme ne pas savoir exactement le moment où le livre commence. Je me souviens – j'avais peut-être cinq ou six ans – de ma mère parfumée, superbement habillée et s'apprêtant à sortir avec mon père. Ce qui demeure inscrit en moi, c'est moins la scène elle-même que le terrible sentiment d'abandon qui m'a habité alors pour ne jamais plus me quitter. Elle partait et, me laissant, elle qui m'aimait et que j'aimais au-delà de tout, elle me rendait le monde illisible et invivable. J'avais beau rassembler les quelques assurances élémentaires et instinctives qui me tenaient, rien n'y faisait et le chagrin dévalait sa pente comme s'il n'allait jamais s'arrêter, mes larmes n'étaient pas ordinaires, elles me mettaient à vie du côté de la tristesse.

Ces dispositions ont bien davantage marqué mon existence que les mille épisodes chronologiques sur lesquels j'avais été questionné. Je ne me suis jamais remis des inévitables départs de ma mère, je ne me suis jamais remis de mon premier regard hostile sur le monde, coupable de m'arracher ce qui me faisait chaud au cœur et m'inondait de sa suavité. C'est sans doute pour cela que j'avais pris l'habitude de remplacer ma mère absente par un chiffon – tout faisait l'affaire, bas de femme, mouchoir ou bout de chemisier… – qui se devait seulement d'être soyeux et infiniment doux sous mes doigts fébriles et enfin calmés. C'était elle que je caressais, c'était elle que j'embrassais et passais sur mon visage, mêlée encore à mes larmes. Mon enfance, si j'avais à la résumer pour moi avant d'en offrir une vision plus convenable aux autres, ce serait d'abord cela, cette alliance de chagrin, de cafard et de plaisir, de bonheur conquis par la grâce d'un tissu. La certitude que le pire venait d'emblée et que le reste n'était qu'un merveilleux surplus, forcément éphémère. J'ai attendu d'avoir trente ans pour tenter de tout reprendre à zéro. Mais on n'y arrive pas, ou mal. Un revers de fortune – quel joli nom pour un mauvais sort ! – m'a envoyé dans un collège, au fin fond du Loiret. J'avais sept ans et toutes mes sensations d'avant ont été poussées au paroxysme. Mon père, qui venait d'un milieu aisé et avait repris la prospère entreprise familiale, croyait avoir le sens des affaires, mais en réalité, les affaires n'avaient aucun sens pour lui. Il l'a laissée péricliter par incompétence, ma mère n'ayant en rien le droit d'intervenir, car il était acquis une fois pour toutes que l'homme était remarquable et la femme amoureuse ; pis, le capital considérable accumulé au fil du temps par deux générations a été quasiment dilapidé et nous nous sommes retrouvés, avec mon frère Paul, qui avait dix ans, dans un établissement religieux près de Montargis, pendant que ma mère, seule et courageuse, tentait de reprendre nos affaires en main. Les premiers temps furent atroces. Paul, dans une classe supérieure et qui, déjà, manifestait une volonté de fer qui lui permettait – force et faiblesse – de brider sa sensibilité en étouffant les aléas dangereux de la vie spontanée sous les conventions de la raison et de la modération, n'avait guère l'envie ni la disponibilité pour venir à mon secours. Ma mère, à laquelle j'écrivais des lettres désespérées, ne pouvait que rarement venir nous voir durant les fins de semaine puisque nous n'avions pas le droit de repartir dans nos familles, sauf durant les vacances si aucune « colle » ne retardait ou n'interdisait notre départ. Nous passions le dimanche à Montargis lorsque ma mère nous offrait sa présence. Les heures passaient si vite entre les promenades, le bon déjeuner où je commandais systématiquement des radis puis des rognons – étrange comme le dérisoire s'incruste ! –, le cinéma parfois, le copieux goûter puis, malheureusement, le retour dans la froideur du soir, quelle que soit la saison. On sait bien qu'il y a une saison du cœur, qui a son rythme implacable et fatal. J'étais assujetti à celui-ci qui me faisait déborder de douleur, ma mère en allée, tandis que Paul se murait dans un silence sec qui révélait à quel point nos personnalités étaient différentes. Paul, excellent élève, faisait l'objet de dithyrambes constants, en total contraste avec moi qui perdais pied dans les matières scientifiques où ma sensibilité, alliée à un esprit logique déficient, entraînait des résultats catastrophiques. J'entendais régulièrement des appréciations qui non seulement aggravaient ma morosité mais me rendaient, à force, jaloux de mon frère. J'approuvais mais, dans mon for intérieur, je protestais. Je n'ai jamais osé me révolter publiquement contre ces prétendus pédagogues si peu soucieux, en jetant leur venin apparemment cordial, de favoriser l'harmonie.

Les quelques succès que j'obtenais en français, en histoire et dans les langues mortes ne parvenaient pas à compenser l'inégalité du regard que l'on portait sur nous. Mais l'activité scolaire, au fond, représentait peu pour moi, qui avais trop à faire avec les blessures et les gouffres de mon intimité. Mon enfance s'écoulait de moi comme une eau trouble, presque sale, sans qu'une espérance de limpidité vînt même me consoler. Parfois ma mère, qui, à me lire, devinait mon état, venait nous surprendre le mercredi après-midi, où nous avions « sport ». Elle croyait nous plaire mais son apparition me comblait d'une joie aussitôt altérée. Elle m'abandonnerait à moi-même dans une tristesse avivée par le bonheur à peine caressé et déjà enfui. Je me souviens de soirées de novembre où le monde, dans la grisaille froide et humide des crépuscules, n'était plus une réalité qui aurait pu me distraire. Mêlées, incorporées à notre emploi du temps comme une obsession, la religion et ses pompes, les prières du matin et du soir, les messes et les complies, quand les genoux avaient mal et les yeux se fermaient. Il m'en a fallu du temps pour réapprendre ce dont l'excès m'avait dégoûté. J'éprouvais pourtant le sentiment d'être à l'étroit dans la finitude, l'intuition d'une transcendance, non pas la certitude du divin mais l'affrontement tremblant et délicieux avec une béance qui murmurait à mon cœur et parlait à une part de moi que j'abandonnais volontiers au mystère.

Ce serait mentir que de laisser croire que la vie au collège n'était faite que de ces péripéties sombres, de ces frustrations et de cette atmosphère confite en religiosité. Je n'ai pas besoin de les faire venir de loin, ils sont là, tout proches, ces épisodes où nous chahutions ensemble. Par exemple, lorsque furieux devant la sale nourriture qui nous était présentée au réfectoire, nous avons, durant plusieurs jours, répondu aux « amen » du soir par de tonitruants « Amène à bouffer ! » qui nous auraient valu réprimandes et exclusions temporaires si nous avions été divisés. Sur un mode plus badin, nous avons dragué, en petits groupes successifs s'échappant du dortoir, les deux jolies filles du couple de gardiens qui résidaient dans une petite maison à l'entrée de l'établissement. Aussi, l'enquête menée par le père supérieur sur des revues pornographiques que certains pensionnaires se passaient pour jouer « les grands » et faire naître des émois que l'austérité quotidienne et le culte affiché et obstiné de la vertu tendaient plutôt à étouffer. Cette folle investigation n'avait rien donné, sinon, le jour de la distribution des prix, un discours courroucé et très offensif du supérieur. Que pèse tout cela face au bonheur absolu du départ en vacances ? Je n'ai jamais retrouvé, par la suite, des attentes d'une telle saveur. Car les vacances commençaient bien avant les vacances. Le compte à rebours était délicieux qui faisait passer l'événement du statut de terre promise à celui de paradis offert. Le retour à Paris en train, avec nos valises en carton et nos affaires jetées en vrac dedans, nous plongeait, Paul et moi, dans un autre monde, celui où notre mère n'allait plus être une nostalgie, une tristesse et une blessure, mais une chance quotidienne et tendre, une bénédiction sans cesse renouvelée, celui du pays et de la patrie intimes retrouvés. Plus nous nous éloignions du collège, plus mon entente, ma complicité avec Paul renaissait de ses cendres, comme si lui ne se sentait plus obligé de se corseter, comme si je n'avais plus à me complaire dans ma fragilité. Nous redevenions des frères et davantage encore, en tombant dans les bras de Julien, le grand, l'aîné, qui nous avait attendus avec une aussi vive impatience que la nôtre. Ma mère, enfin, nous tenait serrés et tout reprenait des couleurs. La modestie matérielle de notre existence – mes parents habitaient dorénavant un petit appartement de trois pièces dans le neuvième arrondissement – n'enlevait rien à notre joie mais, au contraire, transformait la douceur la plus infime, le cadeau le plus simple et le repas le mieux apprêté en de somptueux trésors. Quand, plus tard, j'ai découvert la belle vie comme on dit, je ne me suis jamais senti sans morsure de culpabilité et de mauvaise conscience, du côté de l'aisance. J'ai traîné comme une fierté, contre toutes les arrogances de l'argent facile, le souvenir de la branche paysanne du côté de ma mère, qui n'a jamais fait disparaître une certaine rusticité chez mes frères et moi, en dépit du poli et de l'élégant de ma famille paternelle. Tout se mêle dans ma tête et forme une histoire où dominent les combats de boxe entre Paul et moi, arbitrés très sérieusement par Julien, mes incessantes demandes auprès de celui-ci, et elles ne le lassaient jamais, pour qu'il m'emmène jouer au foot au bois de Boulogne, les trois ou quatre films que Paul et moi allions voir presque chaque jour dans des cinémas proches de chez nous, aujourd'hui disparus. Plus sombres et glauques, des remontées d'adolescence timide et obsédée. Je me rappelle ce libraire qui avait la tête de ses revues pornographiques et de sa littérature cochonne. J'y venais généralement le soir et, à la fois tremblant et décidé, sous son regard dont je n'ai jamais bien su s'il était de réprobation ou de compréhension, je me dirigeais vers le bon étalage et poursuivais une lecture commencée quelques jours auparavant. Ce livre, sur lequel se concentrait ma passion de collégien boutonneux et fiévreux, avait pour titre un prénom de femme et faisait se succéder, avec une monotonie que je trouvais enthousiasmante, des scènes de cul qui s'inscrivaient dans la quotidienneté la plus prosaïque. De ces émois est née une vision de la sexualité alliant la banalité des choses et des habitudes à l'irruption sauvage et exceptionnelle de l'instinct. Rien ne m'excitait davantage, à l'époque, avant de pouvoir plus tard les incarner, que les histoires où la violence du désir devenait telle qu'elle devait s'exprimer sans délai, par exemple dans un cinéma ou au retour d'une soirée, à l'abri relatif d'une porte cochère. Je raffolais, et j'en ai toujours joui, de l'exigence des corps qui imposait sa loi à l'ordinaire élégant d'une apparence ou à la prétendue logique d'un moment. Tout ce que le sexe libère, décale, détourne et subvertit a eu mon assentiment délicieux. Ces séances de lecture, où ma curiosité s'informait, demeuraient tranquilles et me bouleversaient infiniment moins que les expéditions crépusculaires ou franchement nocturnes qui me conduisaient dans les quartiers « chauds » où des prostituées dépoitraillées et court vêtues offraient un spectacle vivant à ma frénésie. Je parcourais les rues en regardant ces femmes qui me faisaient signe. J'en avais peur et, à la fois, elles m'aimantaient. Ces chairs presque nues, désirables, à portée de main, accessibles sexuellement si on avait de quoi les payer, ont construit, dans ma tête, un monde tordu où l'homme était, à la fois, tout-puissant et dans l'attente. Je n'ai jamais su dissocier la spontanéité de l'envie, le malaise de la transgression et la mécanique de la séduction. Peut-être, pour moi, malgré que j'en aie, le sexe est-il toujours resté un quartier réservé où l'argent ouvrait beaucoup de portes.

6

Madeleine Dubois a déjeuné avec ses deux assesseurs. Ils ont décidé, entre collègues, de s'appeler par leur prénom. La femme, Juliette. L'homme, Bernard. Ils s'étaient promis de ne pas évoquer l'affaire en cours mais leur envie était trop forte. Surtout Juliette qui, à l'évidence, est étonnée par la personnalité de l'accusé. Comment dire ? Elle le trouve intelligent, absent. Elle a l'impression qu'il cache beaucoup de choses et que ce procès est sans doute moins simple qu'on pourrait le penser, à la lecture de l'ordonnance de mise en accusation. Ses collègues opinent. La conversation a suivi un cours paresseux, s'attachant, comme il est de règle dans la magistrature, à la critique d'autres magistrats et à des problèmes de carrière, puis reprenant le fil de ce qui, au fond, les préoccupe plus que tout derrière leur apparent détachement. Juger, même pour le professionnel le plus rompu ou le plus léger, ne sera jamais un acte ordinaire. On a beau se persuader que la société doit réprimer les fautes, on a beau se convaincre que la justice est forcément humaine et que, robotisée, elle aurait une action froide et mécanique discutable, on sent tout de même le caractère singulier de cette mission qui conduit à appréhender les déviations d'autrui comme si on n'était pas pétri de la même faiblesse et limité par la même finitude, comme si on était assuré à vie d'échapper à tout ce qu'on devra condamner. La présidente Dubois regarde sa montre et, avec un sourire, se lève en disant qu'il va être l'heure.

À quatorze heures dix, lorsque l'audience reprend avec un peu de retard, l'atmosphère a changé. Ce qui était un procès presque confidentiel, dérisoire par rapport à la solennité et à la splendeur de l'immense salle, est devenu une « affaire », selon la terminologie des journalistes. Ils sont d'ailleurs plusieurs dans la stalle qui leur est réservée et qui était vide ce matin. Le public aussi, en ce début d'après-midi, est venu nombreux, attiré sans doute par l'article du *Parisien*. La présidente Dubois semble elle-même en être étonnée et, un court instant, elle perd « ses marques », parlant avec précaution, comme si les mots avaient pris un autre poids et étaient devenus de redoutables explosifs. Mais son allure affable vient à son secours, c'est l'avantage de ces longues habitudes qui ne se laissent pas longtemps déstabiliser et qui, comme un animal fidèle, remettent la personnalité en état de marche. Maintenant va être abordée la seconde partie de la vie de l'accusé, qui a commencé à trente ans et s'est terminée par le crime qui lui est reproché.

7

Je sais bien que je vais devoir y venir. Tout ce qui a bouleversé mon existence. Tout ce qui, subitement, a mis ma destinée cul par-dessus tête, me laissant me débrouiller avec les paysages nouveaux et étranges que je découvrais. Cela ne s'est peut-être pas fait avec autant de soudaineté que je le prétends. Sans doute cette surprise avait-elle été préparée de loin, annoncée par mille doutes, interrogations et divergences. On ne quitte pas sur un coup de tête ou de cœur des servitudes devenues invisibles à force d'imprégner votre sang, vos pensées, l'air que vous respirez et votre rapport avec le monde. Il était déjà difficile, ce matin, d'évoquer mon ex-épouse Delphine et ma fille Laura, mais Marie ! Marie a ouvert les portes et les fenêtres, fait naître des souffrances et des désespoirs incomparables, Marie m'a donné des joies et des allégresses faites sur mesure pour moi. Je les vois déjà, tous ces journalistes, souiller, par leur vulgarité et leur curiosité de mauvais aloi, mes propos, mes souvenirs, mes secrets et, si j'en ai une, ma vérité. J'en reconnais certains qui n'ont pas toujours travaillé dans la rubrique judiciaire. Il me semble même qu'une femme particulièrement moche, avec une crinière blondasse échevelée, du rouge à lèvres dégoulinant sur les dents, a fait partie de cette tribu composite qui entourait nos fêtes et nos dérives, parasite de nos plaisirs, éperdue de mimétisme. Dans le lot, tout de même, il y en a un qui sort de l'ordinaire et que je respecte. Au fil des procès, j'ai toujours lu ses articles avec un infini plaisir intellectuel. Son style m'enchante car il mêle perfection de la langue, qualité de la pensée et humour dévastateur. Il n'hésite pas à mettre en cause, parfois vigoureusement, magistrats et avocats avec une critique très équitable car elle frappe de tous côtés. Il raconte l'histoire de chaque jour d'audience et, à la fin, par magie, une cohérence se dégage qui aura les couleurs de l'acquittement ou de la condamnation. Il s'appelle Lucien Dupont-Bérard. Il n'a pas de rival sur son terrain. Je suis content qu'il soit là et troublé par le fait que je vais le lire, demain et après-demain, et qu'il s'agira de moi. Oui, madame le Président, j'ai connu Marie Boise, avant de me séparer de mon épouse Delphine.

– Dans quelles circonstances l'avez-vous rencontrée ?

– J'étais allé dîner un soir chez des amis. Delphine, malade, n'avait pas pu venir. Marie était présente en compagnie d'un homme, un simple ami selon elle.

– Que s'est-il passé ? Vous avez évidemment revu Marie !

– Bien sûr. J'avais appris, au cours de la soirée, qu'elle travaillait dans une maison d'édition assez connue. Je savais pouvoir la retrouver à ma convenance. En fait, je n'ai pas attendu longtemps puisque, le lendemain, je prenais contact avec elle.

– Pour un timide, vous allez vite !

– J'avais aussi l'audace des timides et rien ne me faisait peur quand il s'agissait de ma vie profonde. Avec Marie, j'avais senti tout de suite qu'il en allait de ma vie.

– Vous avez trente ans, un statut professionnel non négligeable, une épouse et une enfant de quatre ans et vous vous amourachez d'une inconnue comme un collégien ?

– Votre réaction ne m'étonne pas, madame le Président. On ne peut pas comprendre la passion des autres. Tout ce qu'on peut dire, c'est qu'on est dedans et qu'on sait qu'on doit se trouver là et que c'est irrécusable.

– Expliquez-nous.

– Par où commencer et pour exprimer quoi ? J'ai envie de vous dire tout simplement que j'ai vu son visage, entendu sa voix et ses mots. C'est peu, et pourtant tout a clairement commencé là, dans cette douceur du premier instant. Le reste me regarde, si vous le permettez.

– Marie Boise est la victime. L'accusation vous reproche de l'avoir tuée. Vous devez nous en dire plus.

– Cette accusation est absurde. Je sais bien qu'on peut vouloir tuer ce qu'on aime. Peut-être même qu'avec Marie, à tel ou tel moment intense ou douloureux, j'ai pu éprouver un tel désir mais je vous affirme que je ne l'ai pas tuée. Je vous le redis. Lorsque ma relation avec elle est devenue intime – au bout de quinze jours, si je me souviens bien –, je suis tombé dans une histoire de passion extrême, orageuse, lyrique, infiniment charnelle, totalement singulière. C'était quelque chose que je ne croyais pas possible. Je vous ai dit qu'avec mon épouse Delphine, ce qui nous avait réunis, c'étaient les petits et grands événements de la périphérie amoureuse, l'attente d'un enfant, son arrivée, le désir d'autres enfants et notre détresse – non, le mot n'est pas trop fort – quand nous avons appris que nous ne pourrions plus en avoir.

– Mais tout cela, c'était de l'amour, pourtant.

– J'y ai beaucoup réfléchi. L'amour véritable, celui qui fait qu'un être vous manque et que vous voulez le voir tout le temps, celui qui donne le cafard devant l'absence, celui qui donne au monde le visage de celle qu'on aime, je ne l'ai pas connu avec Delphine. Ce n'était pas triste ni médiocre, Laura a enchanté notre existence et nous avons assumé avec un infini bonheur notre rôle de parents. Mais si Laura était notre lien, c'est que nous n'en avions pas un autre, plus intime, plus personnel.

– Marie a changé votre vie et vous a fait divorcer.

– Marie a changé ma vie. J'en ai été heureux. Je ne l'ai pas tuée.

8

La présidente Dubois, s'abandonnant au fil de ce questionnement, sentait bien ce qu'il avait d'unique, presque d'incongru. Mais c'était ainsi. Au milieu de la convention judiciaire, souvent la vérité d'un être venait poser une charge brûlante qui faisait tout exploser. La force de ce magistrat était de savoir quitter le badinage pour la tragédie pure et nue. Madeleine Dubois avait surmonté sa gêne à entrer dans une intimité qui s'offrait pour la première fois depuis le début du procès. Elle avait aidé à cette révélation. Elle regarde l'accusé qui – surprise ! – ne fuit pas son regard. Elle y voit comme un remerciement.

L'enquêteur de personnalité, un gendarme à la retraite, sec et péremptoire, vient témoigner. On aurait pu attendre de la finesse, de l'analyse, une relation fouillée de l'existence de l'accusé mais on est accablé, au contraire, par le ramassis de ragots, l'étalage de rumeurs et la pauvreté des recherches. Il débite ce qu'il croit avoir à dire sur un ton à la fois assuré et monocorde. C'est un inventaire qui serait risible s'il ne concernait pas un être qui risque trente années de réclusion. C'est une vie absurdement découpée en tranches, avec des rubriques préétablies, pour la commodité de l'exposé certes, mais qui correspondent à l'idée fausse que la somme des parties d'une histoire en restituera le sens et le mouvement, l'unité et la richesse. Non pas que le témoignage lui-même soit foncièrement défavorable à l'accusé puisque seules des personnes de son environnement familial et amical ont été entendues par l'enquêteur. Reste que l'ensemble donne tout de même une impression de travail bâclé et de moralisme au petit pied. Si la coupure entre les trente premières années et les treize années suivantes est bien marquée, ces dernières sont étiquetées très grossièrement et ne paraissent relever, pour le témoin, que du stupre et de la luxure. Les conclusions proclamées d'une voix de stentor affichent un très fort pessimisme. On ne saurait faire confiance à l'accusé pour l'avenir. La présidente Dubois, comme étourdie par ce flot de paroles qui n'a pas servi à éclairer mais à mutiler, qui a réduit la complexité à presque rien, pose une seule question sur la méthode utilisée par l'enquêteur. Elle veut faire comprendre aux jurés que le discours positif, ici ou là apparu, ne résulte que des dires repris et non vérifiés par l'enquêteur. L'avocat général, se levant à peine de son fauteuil, demande d'un ton rogue et mécontent au témoin s'il confirme l'appréciation très médiocre qu'il a formulée sur l'accusé. L'enquêteur, se rengorgeant, affirme qu'il est formel. On propose à la défense d'intervenir. Au moment où l'avocat se lève, son client ébauche un geste pour le faire taire mais il est trop tard. La question est posée d'une manière tellement alambiquée que la présidente se permet de la traduire et de la simplifier. Qu'avez-vous pu vérifier sur les années de collège de l'accusé ? L'enquêteur, qui s'est contenté de repères chronologiques, évoque cependant, pour faire bien, l'existence d'un sentiment de solitude et d'humiliation. Et il tombe juste.

9

J'ai tort de lui en vouloir, à cet imbécile. Que peut-il bien savoir de cette période ancienne, à laquelle je continue de songer depuis l'intermède du déjeuner, comme si, la brèche ouverte, ce passé n'en finissait plus de faire irruption ? Humiliation, solitude. Oui, et c'est peu dire. Au fil des années, j'avais l'impression que nous étions de plus en plus, Paul et moi, sacrifiés par la dureté de la vie. L'écart était de plus en plus net entre les autres et nous. Ma mère faisait tout ce qu'elle pouvait pour nous laisser repartir au collège avec un trousseau convenable, des affaires propres et bien rangées. C'était moins pour l'indispensable que je me sentais à part que pour le superflu. Un événement est resté dans ma mémoire au point de revenir de manière lancinante et aiguë se rappeler à moi. J'avais été choisi pour jouer un petit rôle dans une pièce de théâtre que les pensionnaires devaient représenter dans la cour solennelle, à l'entrée du collège. J'étais fier d'avoir été élu même si je n'avais qu'une phrase à crier. Les parents avaient la charge de s'occuper du costume de scène de leurs enfants. Ma mère n'avait pas eu le temps ni l'argent pour me façonner un accoutrement de qualité. Au collège, lors du défilé où chacun devait passer et se montrer, je ne portais pour tout vêtement qu'une longue chemise brune serrée à la taille par une ceinture, alors que j'avais sous les yeux le rutilant et l'éclatant des autres apparences. Les moqueries résonnent encore dans mes oreilles. Le scandale de la pauvreté – pour moi, à cet instant, je me vivais plus pauvre que les plus pauvres – et l'offense indirecte mais violente causée à ma mère n'ont pas cessé de me tenailler, de me marquer l'âme comme au fer rouge. Par la suite, je n'ai jamais pu être du côté des riches avec naturel, comme quelqu'un qui y aurait eu sa place de toute éternité. J'ai franchi une frontière mais je n'ai jamais oublié.

– Vous nous avez dit comment vous avez rencontré Marie Boise et à quel point vous l'avez aimée. Que s'est-il passé ensuite ?

– Marie travaillait dans une maison d'édition connue. Une fois que j'ai eu des relations intimes avec elle, je n'ai plus voulu la lâcher, si j'ose cette expression. Toujours marié, j'ai pris immédiatement le parti de mener une double existence. Mon métier me le permettait. Vous savez que je dirigeais une entreprise gérant de l'événementiel, avec un emploi du temps parfois dément, en tout cas assez absorbant pour que je n'aie jamais à justifier même de longues absences. Delphine ne s'est rendu compte de rien, du moins au début. La difficulté venait plutôt de Marie qui ne s'attendait pas à une telle frénésie de ma part. Elle ne comprenait pas comment un homme comme moi, avec la famille et le métier que j'exerçais, pouvait ainsi s'abandonner. En même temps, elle en était fière car, pour elle, je l'ai mieux perçu plus tard, il n'y avait rien de plus voluptueux que se donner avec parcimonie et retenue et d'être désirée avec ferveur et folie.

– Folie ?

– Le terme n'est pas trop fort, madame le Président. Je devine bien tout ce que vous pourrez tirer…

– C'est la liberté de votre défense. Vous êtes présumé innocent.

– Je devine bien alors tout ce que monsieur l'Avocat général pourra tirer de mes propos. Pourtant, il faut que je tente de vous expliquer ce que j'ai vécu sans rien omettre et dans toute sa complexité. J'ai parlé de folie, en effet, très vite, lorsque, saisi par le désir urgent et fatal d'avoir une vie commune avec Marie, je lui en ai fait part et qu'elle m'a ri au nez. J'en ai horriblement souffert dans l'instant. Mais j'espérais et j'étais persuadé qu'à la longue une telle passion, si violemment exprimée, saurait convaincre, saurait l'entraîner dans ma vie. Car c'était là ce que je désirais. Durant mon mariage avec Delphine, j'avais eu un certain nombre de liaisons brèves, rapides ou plus longues, en tout cas elles n'avaient jamais mis en péril mon existence conjugale et notre bonheur familial.

– Qu'est-ce qui vous retenait le plus ?

– Il faut que je reconnaisse que c'était la présence de Laura mais, à l'époque, avant Marie, je ne dissociais pas. J'avais l'impression d'être là pour toujours, absurdement.

– Pourquoi absurdement ? Il y a des couples qui durent heureusement toute une vie.

– Oui, sûrement, c'est bien quand c'est pour de bonnes raisons… Mais quand ça ne tient que par la présence d'un enfant, c'est plutôt moche.

– Ensuite ?

– Avec Marie, ce qui m'est tombé dessus comme la foudre, c'est l'envie brutale de vivre avec elle. Il n'était pas tolérable qu'une seconde, une minute, une heure me soient enlevées et qu'il y ait en permanence une soustraction lancinante et douloureuse à opérer, à partir du bonheur idéal dont je rêvais. Ma folie, mon enfermement dans une obsession qui m'exilait de la vraie vie sont nés quand j'ai dû accepter la réalité. La résistance de Marie n'était pas la résistance classique d'une femme qui n'attend, au fond, que d'être aimée et conquise. C'était autre chose et, quand j'ai perçu que je me battais contre un mur, j'ai commencé à sombrer. Je ne pensais plus que « Marie », je ne vivais plus que par Marie, je rêvais, je respirais et je cauchemardais « Marie », mon emploi du temps n'était plus gouverné que par elle, mon métier s'en est ressenti évidemment. C'était comme si Marie avait remplacé l'objectivité du monde, la pesanteur des choses et le grouillement des êtres, qui, tout à coup, me semblait obscène. Tout à l'heure, j'ai dit une bêtise. La vraie vie, c'était elle. Et ma folie a clairement consisté à mener non pas, en réalité, une double mais une triple existence : la vie ordinaire avec Delphine, la vie ordinaire avec Marie et celle que j'inventais avec Marie contre cette vie ordinaire, en tout cas à côté d'elle.

– Vos affaires ont commencé à péricliter. Vous avez quitté votre milieu, eu de nouvelles relations, de nouveaux amis.

– C'est vrai. Marie m'a entraîné dans un nouveau monde. Je ne m'y suis jamais senti à l'aise. Sexe, drogue, vie facile et clinquante, baisers et grandes tapes dans le dos, pseudo-créateurs, prétendus artistes, les « people » comme on dit !

Mais, avant, j'ai dû m'occuper de Delphine à laquelle, lâchement, j'avais glissé, comme autant de petits cailloux, des signes indubitables de mon bouleversement intérieur et de mon désir de changement.

– Elle a fini par comprendre ?

– Évidemment, Delphine avait deviné, à force. Elle ne m'avait pas fait suivre, elle n'avait pas fouillé mes poches, non, ce n'était pas son genre. Mon portable qui sonne, même très tard, des sonneries qui s'interrompent, un silence quand Delphine décroche, un air de plus en plus absent de ma part, mon peu d'enthousiasme pour les rapports intimes, tout concordait, tout est devenu clair pour elle. Un soir, elle m'a reproché je ne sais quoi, justement, je crois, mon air d'être ailleurs en permanence et mon indifférence à l'égard de Laura. J'ai fait exprès de pousser l'histoire jusqu'à son paroxysme. Tous deux, nous étions en train de hurler quand, dans le mouvement, devant Delphine tout à coup silencieuse et interloquée, j'ai saisi un sac, y ai mis quelques affaires puis me suis enfui. C'était une fuite, c'est le bon mot.

– Et après ?

– J'ai passé une première nuit à l'hôtel. Je savais que la suite serait rien moins qu'évidente mais j'ai tout de même tenté le coup à nouveau. J'ai eu une discussion très orageuse avec Marie. Je lui avais proposé soit de venir habiter chez moi soit d'habiter chez elle. Elle a rejeté l'alternative de manière très blessante. Cela m'a fait mal car j'ai pris conscience du fait que je ne savais quasiment rien de sa vie en dehors de moi. Il faut dire que j'étais tout le temps partagé entre une infinie curiosité et une peur panique. Résultat, tout demeurait dans un flou qui me torturait plus que n'aurait pu le faire une information précise. Devant sa réaction, je me suis demandé si, en dépit de ce qu'il fallait bien appeler notre liaison, elle ne continuait pas à vivre avec quelqu'un. J'ai ajouté un nouveau tourment à la panoplie déjà respectable de mes malaises. Avant, je souffrais de la voir refuser une existence commune et j'analysais son attitude comme la conséquence d'un tempérament peu apte au partage que je désirais plus que tout. Après, sans oser savoir mais avec le poison du doute, j'ai mis un visage, une personne, derrière cette étrange apathie de Marie. Il n'y avait aucune vanité en moi. Je n'avais rien du bellâtre persuadé que ce qu'il proposait devait nécessairement être agréé avec enthousiasme. Non, c'était plutôt du désarroi devant l'ampleur de ce que j'offrais, devant l'étendue des bouleversements que Marie avait créés en moi, et le peu d'écho que cela suscitait chez elle. Comme si, au fond, la passion ne pouvait être qu'une parole, et jamais sa traduction en actes.

– Vous avez décidé, alors, de vous installer seul ?

– Je n'avais pas d'autre choix. J'ai loué, rue du Commerce, un petit appartement très agréable, de quoi accueillir ma fille sans problème, de quoi vivre la vie dont je rêvais si, un jour, Marie se décidait.

– Comment cela s'est-il passé avec votre épouse ?

– Au début, naturellement, c'était très dur. Puis, pour Laura, nous avons tenté de devenir raisonnables. Delphine m'a su gré, aussi, du fait qu'à aucun moment je n'ai évoqué le divorce. Je faisais apparaître mon départ comme une envie de prendre du champ, même si ce désir était inspiré par quelqu'un, mais ce n'était pas la même chose que de vouloir, tout de suite, mettre tout à feu et à sang, faire table rase. Je me sentais honteux, hypocrite en tout cas car, si Marie m'avait pleinement ouvert les bras, j'aurais été prêt à toutes les extrémités. J'ai versé à Delphine une somme convenable, tous les mois. Heureusement, ce n'était pas une femme d'argent.

– Tout allait bien, donc ?

– Non, mon présent était pourri par ma jalousie, mes doutes, mes questions, ma volonté de vivre avec Marie toujours insatisfaite. Je la voyais pourtant chaque jour, et il nous arrivait de passer la nuit ensemble. Cela ne me suffisait pas. Au lieu de goûter cette passion dans ce qu'elle donnait, et qui n'était pas négligeable, je me projetais douloureusement dans ce dont elle me privait, et j'en voulais terriblement à Marie, au point de lui faire des scènes en permanence, même en public. Alors que je croyais être poli et relativement réservé, je me laissais aller devant les autres à des éclats d'une violence folle mais qui, je dois l'avouer, ne troublaient pas trop Marie. Elle me reprochait surtout mon manque de savoir-vivre, et nous nous rapprochions intensément, l'orage passé. Il y avait quelque chose de fascinant à observer cet être qui, avec une résolution inébranlable, s'opposait à notre vie commune mais ne bronchait pas devant les manifestations erratiques et extrêmes de ma passion. Je la voulais toute, elle résistait mais elle ne me quittait jamais.

– Vous étiez heureux ?

– Si on veut. En tout cas, d'un bonheur tellement singulier et chaotique, tellement fulgurant et déprimant qu'il en devenait incommunicable. Comme une langue que nous étions les seuls à savoir parler. Mon bonheur, alors, était un composé de souffrances, il englobait tout ce qui me faisait mal et me rendait incapable de quitter Marie. J'ai essayé pourtant, deux fois. J'ai tenu une quinzaine de jours et Marie est revenue me chercher. J'ai fini par me dire que c'était comme cela, de l'air, de l'eau, du vent, de la pluie, une matière naturelle et incassable, un chant profond, une fatalité qui nous gouvernait, une passion que nous avions cessé de prétendre maîtriser mais qui, au contraire, nous maîtrisait et nous dirigeait.

– La nuit du meurtre, vous étiez dans ces dispositions ?

– Peut-être. Je ne veux pas vous mentir. Il m'arrivait d'être tellement dépassé, ballotté et impuissant, tellement fidèle et si insatisfait, si plein d'allégresse sur le plan du corps et si défait sur le plan de l'âme et de l'espoir que j'en venais à imaginer la mort de Marie comme la seule solution, le seul recours, l'horrible et nécessaire issue. Mais je n'ai jamais esquissé le moindre geste qui ait pu donner de la consistance à ces pensées scandaleuses. Je n'ai pas tué Marie. Je ne peux pas l'avoir tuée.

10

La présidente Dubois se tait durant un très court laps de temps, qui semble une éternité dans une cour d'assises au rythme généralement soutenu. Elle songe, et elle n'est pas la seule à être renvoyée à son monde intime, à ce qu'elle vit et à ce qu'elle aurait pu vivre. Une mélancolie l'étreint, fugace, vite dissipée, à l'idée de tout ce qu'elle a dû abandonner au fil de l'existence, illusions et rêves et douceurs, tout ce qui est tombé d'elle, tout ce qu'elle n'a pas su retenir. Dans le jury, des femmes ont les larmes aux yeux. Le procès criminel ouvre des chemins que tout le monde peut emprunter.

L'expert Belay se prend pour un bel homme. L'élégance savamment négligée, il s'avance vers la barre avec cette assurance et ce très léger sourire qui ne sont pas loin de signifier la haute opinion qu'il a de lui-même et l'indignation qui serait la sienne si elle n'était pas partagée. S'il y a des psychiatres plus médiocres, il n'en est aucun qui offre un tel contraste entre sa présentation flamboyante et ses limites certaines. Il a été chargé de procéder à la première expertise psychiatrique et à l'examen médico-psychologique de l'accusé. Plus tard, le docteur Masury viendra déposer pour communiquer les conclusions de la contre-expertise qu'il a pratiquée en compagnie du docteur Lubec. Belay développe une série d'idées et d'analyses qui ne sont pas toutes fausses mais qui n'éclairent pas les profondeurs de l'accusé, qui écoute avec une attention un tantinet ironique. Belay n'en a cure et poursuit son exposé, usant d'un langage trop fleuri pour l'endroit, parsemant son discours de citations livrées avec un air entendu comme si elles étaient destinées à créer une connivence supérieure entre lui et ses auditeurs et noyant ceux-ci sous un flot de considérations générales qui dissimulent, plus qu'elles ne les révèlent, la singularité et l'identité profonde de l'accusé. Certes, c'est la règle du genre que d'évoquer le caractère et la vie de la personne dans le box comme si elle n'était pas là, à côté de vous, avec son souffle, sa respiration, sa pesanteur d'humain, comme si on ne sentait pas, à tout instant, les paroles retenues et les silences critiques. Belay réussit à perfectionner cette étrangeté si l'on peut dire, à rendre cette absence encore plus absente, chosifiant par son attitude, ses mots et son indifférence la palpitation et la difficulté d'être. Il y aurait eu dans l'existence de l'accusé un clivage lié à la mésentente puis à la séparation de ses parents. Il ne se serait jamais remis du départ puis de la mort de son père. Le choc de ces deux traumatismes a déstabilisé sa personnalité, dégradé son rapport au monde et perverti ses relations avec l'humanité. Belay voit dans ce crime possible la conséquence d'un bouleversement né il y a de nombreuses années, et considère que sa responsabilité pénale n'est donc pas pleine et entière.

Content de soi, se rengorgeant comme s'il était vraiment le meilleur et qu'après lui toute intervention devenait inutile,

Belay, campé à la barre et maître en son royaume, attend qu'on vienne déranger son triomphe par d'intempestives interrogations. Quelques audacieux s'y risquent. La présidente d'abord, sur un mode qui frappe le propos péremptoire en plein cœur puisqu'elle demande à l'expert s'il était bien sûr de ce qu'il avait avancé. L'assesseur féminin, ensuite, qui l'invite à fournir des précisions sur la pertinence du lien entre le double traumatisme évoqué et le crime commis treize ans plus tard.

À ces questions, Belay, grand seigneur, condescend à répondre, persuadé de la justesse de sa magistrale analyse. L'avocat général, lui, ne décolère pas à cause de cette responsabilité pénale seulement partielle. Il craint pour la sanction qu'il envisage de requérir et interpelle rudement Belay qui bafouille et n'est pas loin de revenir sur sa conclusion, pour lui complaire. Mais quand l'accusé exprime des doutes sur la validité d'un rapport tiré d'un entretien d'une demi-heure, Belay ne se contient plus, fusille l'intrus du regard et, ouvrant grand la bouche, parle de son expérience et de ses titres. Il doit supporter, ensuite, l'avocat qui se permet de tourner en ridicule sa réponse. On sent qu'il est pressé de quitter les lieux et de retrouver des habitudes rassurantes comme parler sans être interrompu ou être admiré par principe. La présidente lui fait un petit geste de la main, qu'il n'est pas loin d'estimer cavalier, et Belay s'en va sans laisser de regrets. Il salue froidement du regard Masury qui est déjà là et attend sagement son tour.

Après avoir prêté serment et excusé l'absence de son collègue Lubec, il va, avec un art consommé, prendre en quelque sorte à rebours tout ce qui avait fait de Belay un expert insupportable. Se tournant vers l'accusé lorsqu'il estime que son propos n'est pas assez nuancé, Masury donne l'impression, avec une infinie modestie intellectuelle, travaillée peut-être de longue date, d'accueillir les incertitudes non pas comme des hôtes indésirables mais comme des alliées. Loin de corrompre sa pensée et de donner à sa déposition un tour inachevé, elles vont, au contraire, mettre en relief la vigueur de la réflexion et la finesse du portrait psychologique et psychiatrique proposé aux jurés. Proposé et non pas assené, se laissant deviner entre les silences et la parole, de sorte qu'en dépit de la responsabilité totale qu'il retient, Masury a, bien plus que Belay, fait apparaître les ombres et les lumières d'un tempérament et ouvert des portes pour comprendre. Pour expliquer, si l'accusé est après-demain déclaré coupable, ou pour connaître qui il est, si on l'acquitte. La grande force de Masury est de résister à l'emprise judiciaire qui voudrait seulement que l'expertise arbitre entre l'innocence et la culpabilité. On ne peut pas parler de l'éloquence de Masury, ou alors, d'une sorte très particulière, qui se dégage de l'intelligence et de la sincérité du fond, à tel point que la forme est touchée par contagion et devient elle-même un état de grâce. Quand il a fini, la possibilité de deviner un peu de la vérité, de dépasser l'apparence pour entrer dans le vif du sujet – dans tous les sens du terme – laisse l'audience comme en suspens. Tout semble avoir été dit dans un brassage remarquable entre affirmations et hypothèses. Personne n'a envie d'aller plus avant, cela paraît impossible, à cause aussi d'une timidité particulière qui fait craindre aux intervenants de n'être pas à la hauteur de ce qu'ils viennent d'entendre.

L'avocat général, cependant, s'inquiète de l'avenir de l'accusé et il veut que l'expert confirme cette crainte. Masury, qui connaît trop bien les grosses ficelles de l'accusation, s'en sort avec élégance en soulignant que le temps de l'enfermement peut être celui de toutes les métamorphoses et qu'un pronostic n'aurait guère de fiabilité. La défense tente à son tour d'entraîner l'expert sur un terrain où il refuse d'aller. Il confirme son incapacité à imaginer le futur. L'inventivité et la liberté humaines sont sans limites. L'accusé se lève sans que la présidente l'ait invité à le faire. On sent qu'il voudrait dire quelque chose, il semble fragile tout à coup, on croit l'entendre murmurer merci et il se rassoit.

11

Je suis fatigué et je découvre en moi un sentiment qui me fait horreur. La peur, l'angoisse. La première journée de mon procès va se terminer dans quelques minutes. La présidente est en train de lire certaines déclarations qui, selon elle, compléteront utilement l'examen de ma personnalité. J'ai peur, c'est vrai, et j'en ai assez. J'en ai trop entendu sur moi, et c'était trop faux. Mon meilleur ami, Jean-Charles Le Guernec, homme d'affaires et vaguement juriste, m'avait conseillé sous forme de plaisanterie de refuser l'expertise psychiatrique au motif qu'elle me nuirait forcément, que je sois déclaré fou ou responsable. La justice faisait semblant de vous comprendre mais, en réalité, elle vous assassinait. Son humanisme était de la frime. Jean-Charles n'avait pas tort. J'aurais mieux fait de l'écouter. C'est un ami rare, toujours prêt et jamais pesant. Je l'ai rencontré il y a longtemps dans le cadre professionnel, nous avons sympathisé puis nous sommes devenus complices, assurés de trouver chez l'un et chez l'autre ce qui nous manquait chez tous les autres. En même temps, nous nous sommes peu vus par rapport à ce qu'une amitié traditionnelle aurait souhaité. Justement, ce qui nous a toujours rapprochés, c'est la certitude que nous n'étions pas contraints, pour cultiver ce qui nous unissait, à une exploitation forcenée du temps. Nos longues périodes d'apparent éloignement non seulement ne nous gênaient pas mais nous permettaient d'avoir une respiration incomparable. Jean-Charles est à portée de mes pensées et je sais qu'il se soucie de moi, qu'il a peur pour moi. Il m'a proposé de venir témoigner en ma faveur. Je n'ai pas désiré lui imposer cela. Les inepties de ce paon de Belay sont encore dans ma tête. J'ai pu constater que le personnage avait déplu, mais je ne suis pas sûr que le fond absurde de son rapport ait subi le même discrédit. J'aurais dû me lever et crier qu'il était un charlatan. Ce n'est pas trop mon genre. J'ai l'innocence polie et discrète. Cela me nuira peut-être.

Quel bonheur, après, d'entendre Masury ! Je croyais avoir passé ma vie, même dans le tourbillon et le désordre de ces dernières années, à fouiller mon moindre recoin, à débusquer mes secrets et mes hypocrisies, à soulever les chapes qui, plus ou moins profondes, m'empêchaient de me connaître à fond. J'étais loin du compte, pourtant, et Masury m'oblige, après son intervention si déstabilisante, à replonger dans la nuit et le jour, dans l'enfance et son contraire, dans l'exaltation et la dépression ; il m'oblige à sortir des réponses convenues que j'ai faites tout à l'heure aux questions de la présidente. Elle aussi, Marie, je la découpais en tranches, je la livrais avec la froideur de l'analyste et la précision de l'historien, je l'offrais, grâce à ma parole, à des personnes qui ne pouvaient pas avoir la moindre idée de ce qu'elle était vraiment. De son vivant déjà, même aux plus proches, il était impossible de faire passer le message de ma passion, de ma folie, de notre monde. Car, à trop forcer sur son refus de la vie commune, j'ai pu laisser croire que Marie se tenait en marge de mon univers sans y adhérer corps et âme. Alors qu'elle était folie dans ma folie et passion elle-même. Elle n'était jamais en retard d'une preuve, d'un acte d'amour. L'enfance qui m'habitait et qui m'avait fait quitter les rivages adultes de la raison et de la mesure, elle ne s'en est jamais moquée, jamais elle ne m'a renvoyé dans mes quartiers en m'interdisant d'emprunter les chemins tordus sur lesquels je me foulais le cœur. Masury a vu juste quand il a expliqué que j'étais retombé en enfance, avec ce que celle-ci a d'intense, de cruel et d'exigeant. L'urgence comme une règle, une angoisse, mais aussi un stimulant. Tout, tout de suite. Que ce soit une formidable immaturité plantée dans l'âge adulte, j'en avais évidemment conscience, mais je n'avais pas le choix et je m'en vantais comme d'une grâce, un bienfait du destin. Je ne choisissais pas l'enfance, elle m'avait choisi. Il n'y avait pas mille manières d'aimer Marie et de souffrir par elle. Il n'y avait que celle-là, qui me donnait toujours la certitude d'être victorieux, même au sein du pire échec. Revenu aux sources grâce à cette effervescence de tout l'être, comme si c'était le premier cœur, le premier amour et le premier matin, j'avais l'impression de bénéficier d'une chance imméritée qui m'autorisait à reprendre de fond en comble tout ce que j'avais seulement frôlé. Le brouillon de ma véritable enfance, je le copiais, en effaçant les ratures, au beau milieu d'un âge qui était celui des responsabilités et d'une sensibilité qu'on devait tenir en laisse.

Grâce à Marie, le romantisme fleurissait dans un pays et une saison à la façade naturellement sévère. Ce n'était pas le moindre de ses charmes que d'avoir mis de la chaleur et de l'imprévisible dans mon jardin intime à la française. Ne pensant qu'à elle, tentant de la garder pour moi-même à l'abri de tout, je n'ai encore rien dit. Marie, c'était. Il faudrait arrêter là et laisser le cœur, l'esprit et le souvenir accomplir leur tâche. La beauté étrange de Marie. Ce visage d'ange sur un corps de superbe pute, comme l'un de mes invités, ne connaissant pas nos liens, l'avait un soir décrite d'un trait. J'avais été enchanté et je me souviens de lui avoir dit que je le félicitais pour sa saillie. C'était tellement juste. Ce mélange troublant d'une joliesse éthérée mais sans fadeur, d'une figure où les yeux, les cheveux, les oreilles, le nez, la bouche et les dents, les joues et le front, la nuque et le menton s'accordaient pour composer un paysage de fermeté et de douceur, de solidité et d'élégante fragilité, et de la robustesse infiniment pulpeuse d'une anatomie où des seins harmonieux embellissaient un torse mince et où une taille admirablement marquée mettait en évidence des fesses royales, d'emblée, m'a subjugué et, lors de nos rencontres suivantes, a porté au paroxysme la satisfaction de mes sens. Moi qui me rappelle si peu de chose… Éclate pourtant dans ma mémoire sa toison brune, fournie, ni trop luxuriante ni clairsemée, une perfection de fourrure que ma bouche goûtait en même temps qu'elle l'admirait. Sa croupe charnue dont la forme et le dessin intime, adorablement ombré, ne se contentaient pas de ravir le sensuel que j'étais et que Marie avait porté au comble mais touchaient un territoire plus profond, où l'archaïque le disputait au plaisir salace et collégien dans un entrelacs qui me rendait, chaque jour, plus obsédé.

J'ai conscience de m'engager dans une sorte de pornographie de mauvais aloi, mais il faut que je m'avoue que mon appétence de Marie prenait tout naturellement cette tournure. Marie redonnait sens et vérité à ces lectures faites en cachette, il y a longtemps, et qui avaient le charme de la découverte et de la clandestinité. Avec Marie, c'était le même enchantement frais et trouble ; dans l'amour se réunissaient la curiosité du voyeur, la soif de vulgarité du client et la fusion, par les gestes et les mots, de deux amants éperdus et seuls au monde. C'était enfin quitter le monde qui faisait peur parce que la passion extrême vous fait percevoir le jeu des relations comme un risque, une occasion de combat ou de malheur.

J'avais sans cesse peur que Marie me quitte et je ne pouvais pas quitter Marie. La fidélité m'était tombée dessus comme une bienheureuse surprise. J'avais longtemps cru qu'elle m'était interdite, alors que j'aurais désiré dominer cette tension perpétuelle entre le relatif du quotidien et l'absolu des engagements qu'on se fait d'abord à soi-même, pour demeurer toujours du côté de ce que j'appelais l'allure et qui était simplement le respect de sa promesse fondatrice. Je rêvais d'autant plus de cette rectitude que j'éprouvais une sainte horreur à l'égard des subterfuges que l'humanité inventait pour justifier ses faiblesses et ses trahisons. Revenait trop souvent, à mon goût, l'idolâtrie du contingent, comme si en face de lui ne se trouvaient que des fétus incapables de la moindre volonté, comme si notre vocation était d'être emportés par le siècle et son flot erratique.

Malheureusement, ces détestations ne m'ont pas aidé, avec Delphine, à prévenir la première transgression et à contenir le déferlement de toutes les autres. Moi aussi, je tombais sous le coup de l'accusation de jésuitisme puisque j'opposais à la réalité des infidélités leur seule haine théorique et que mon écartèlement était plus virtuel qu'authentique. Il fallait bien – je m'exonérais de la sorte – pouvoir se camper tout entier devant un être que le hasard de l'existence ou votre chasse systématique avait placé sur votre chemin ! La vie commune avec Delphine – et c'était la force et la faiblesse de toute communauté – m'avait conduit, pour que le quotidien soit acceptable, à gommer et à sacrifier une part de mon caractère et les expressions trop provocatrices de mon individualité. L'infidélité était en quelque sorte le prix à payer pour ces renoncements à soi-même, honorables mais mutilants. Mes multiples tromperies me permettaient de dénouer les amarres et de laisser libre cours à tout ce qui, du plus profond au plus dérisoire, avait besoin d'émerger, de s'épanouir sous le regard d'une femme si fière à l'idée d'être la libératrice de l'homme. Grâce à Marie, j'ai découvert cette évidence, qu'on n'est pas infidèle tout seul. Certes, je n'avais rien de fondamental à reprocher à Delphine, mais le mouvement répété de la tromperie démontrait que j'avais besoin de quelque chose qu'elle ne me donnait pas, que sa personnalité, aussi belle qu'elle fût, n'offrait pas de quoi satisfaire mon désir de plénitude et n'était pas capable de me tenir sous le joug d'une totalité bienfaisante.

Marie, au contraire, accomplissait chaque jour ce miracle, en dépit de ce qui nous jetait l'un contre l'autre, de devenir le monde tout entier, de se multiplier en mille femmes, de couvrir le prisme infini qui, de la vulgarité extrême au raffinement le plus exquis, en passant par la complicité de l'amitié tendre et l'écoute si intense qu'elle valait langage, me faisait don de tout ce qu'une personne était capable d'inventer pour aimer et être aimée. Avec elle, je me réjouissais d'apprendre et de goûter la saveur des choses, et en même temps que, médiatrice entre la réalité et moi, elle m'enseignait l'univers, elle le rendait inutile puisque tout s'ordonnait à partir d'elle. Parce que autrui m'était devenu, au sens propre, indésirable et que Marie ne laissait pas naître en moi la plus petite fissure par où aurait pu s'échapper ma résolution de lui être fidèle, je comprenais mal que notre autarcie amoureuse ne la laissât pas indifférente aux autres visages, à la vie qui grouillait, menaçante, à côté de nous. Au contraire, Marie était capable, un peu par provocation, beaucoup par tempérament, de donner le change, s'abandonnant à la société avec autant d'aisance et de disponibilité que si elle avait été seule, sans un amant comme moi à ses basques et toujours aux aguets. Je la soupçonnais, en ces moments de joyeuse convivialité dont elle n'ignorait pas qu'ils me faisaient peur et m'exaspéraient, de pousser les feux délibérément pour me signifier que ma passion, aussi intense fût-elle, même idolâtre, ne me donnait tout de même pas le droit de régir son humeur, de contrôler sa respiration. La voir en posture de fuite lors de ces moments m'inclinait à déserter tout ce qui, de près ou de loin, ressemblait au grégarisme festif que j'abhorrais. Mais, comme je suivais Marie partout où elle allait et qu'elle adorait ces brillances superficielles, mes envies d'abstention demeuraient, la plupart du temps, lettre morte.

Aussi, pour compenser ces mille défaites qu'elle m'infligeait, je menais d'autant plus vigoureusement le combat, même si je le pressentais sans espoir. Je ne désarmais pas, et sa mort m'a privé au moins du bonheur de la convaincre de ce dont j'étais sincèrement persuadé : avec elle, la gangue du quotidien n'aurait pas pesé. La regarder, la respirer à chaque seconde, la voir évoluer avec sa grâce, voir ses mains saisir des objets, contempler ses gestes et les expressions si familières, si surprenantes de son visage, sentir que l'utile, au lieu de tuer la poésie, la réalisait, ces enchantements prosaïques, ce lyrisme ordinaire, cette existence d'invention et d'évidence, j'aurais désiré leur accomplissement et je me serais enthousiasmé devant la monotonie magnifiée, preuve par cœur de notre passion absolument singulière puisqu'elle parvenait à se faire un triomphe de tout.

12

La présidente Dubois a fini de lire. Les jurés sont fatigués. L'avocat général a l'air plus rouge que jamais, il a les traits tirés. Il a déjà rangé les feuilles qui traînaient sur son bureau. Maître Olivier Gras n'est pas mécontent que cette première journée se termine car son client n'est pas facile. Il s'est attendu chaque instant à un éclat, un aveu maladroit, une attitude déplaisante qui auraient pu ruiner ce qu'il appelle la construction de sa défense. L'accusé, lui, va repartir en prison. On lui a remis les menottes. La présidente annonce que l'audience reprendra le lendemain matin, mais à neuf heures trente. Elle insiste sur l'heure. L'avocat général, sur la fiche d'extraction, souligne d'un double trait rouge l'heure avancée du lendemain. L'accusé, avant de quitter le box, salue d'un signe de tête son avocat qui lui dit à demain. La salle se vide peu à peu. C'est le silence, maintenant. Plus loin, dans les coulisses, on perçoit les voix des magistrats et des jurés qui se quittent. La cour d'assises demeure comme un grand vaisseau déserté. Étrangement, flottent dans l'air, en une impalpable densité, les mots de la journée, les tristesses, les regrets, les interrogations et les réponses, les mensonges peut-être, peut-être les vérités. Demain, tout recommencera.

L'accusé est revenu dans sa cellule. Il est tard. Il a dû attendre longtemps pour qu'on le ramène, en même temps que tous les autres détenus de la journée. Il y a du bruit, des cris, même des hurlements, comme tous les soirs. Il y a l'odeur de pauvreté et de lessive. Le premier jour, il a été incarcéré avec un type colossal qui s'est jeté sur lui dans la nuit. Il se demande encore par quel miracle il a pu échapper au viol. D'emblée, il a vécu cette banalité terrible que tout peut arriver dans l'indifférence en prison, puisque ce n'est plus l'humanité véritable qui est concernée, mais l'autre. Mohamed tente de dormir. Jean se retourne sur son étroite couche scellée. Mamadou rêve de chaleur et d'étoiles. Karim va faire sans doute des cauchemars, comme toutes les nuits. L'accusé est tout seul. Il est assis sur son lit. Il va s'obliger à dormir pour être en forme demain. Ils sont tous réveillés si tôt. Il pense à ce qu'il a dit et à cette quête intime grâce à laquelle les souvenirs sont remontés à foison. Il a l'impression d'avoir mené un autre procès, pour lui seulement. Tout cela lui semble inutile mais il ne peut pas se défaire d'un bout d'espoir, d'une parcelle d'optimisme. Il est stupide. Il se couche, ferme les yeux et essaie de s'endormir, en chassant de ses oreilles l'incessant et inlassable grignotage du silence par le souffle collectif de la prison. Ce ne sont pas des frères, mais tout comme.

La nuit de la prison. La prison de la nuit.

DEUXIÈME JOUR

1

Du gris sale s'infiltre dans l'obscurité. L'aube s'apprête à prendre la relève. Difficile de dire, à cet instant ambigu, le temps qu'il fera. Un point d'interrogation sur cette journée d'octobre, forme pour l'instant vide et coquille sans substance, de quoi va-t-elle être lestée pour arriver, au soir, de plus en plus lourdement chargée ?

Je n'ai même pas besoin de regarder l'heure. L'odeur a changé, et les bruits n'ont plus la sonorité épuisée d'avant la nuit mais la fraîcheur vigoureuse de l'aurore. Le matin. J'ai peu, j'ai mal dormi. J'ai la bouche sèche, j'envoie mon souffle vers mes narines pour vérifier : mon haleine sent mauvais. Ma peau me gêne comme si elle était de trop. Mon corps est une grande chose molle qui m'enveloppe. J'ai l'impression que c'est lui qui a pris le pouvoir et que tout, pensées, sentiments, respiration, est soumis à sa dure loi physique. Je vais me passer un peu d'eau sur le visage pour décoller mes paupières gonflées. J'entends déjà le chariot du petit déjeuner qui approche. Le vacarme des portes qui s'ouvrent, les clés de l'emprisonnement qui, bizarrement, rassurent avec leur cliquetis familier, les voix fortes qui vous font comprendre que le murmure et la douceur ne sont pas de ce monde-ci mais de l'autre. L'eau coule, chacun se lave, certains s'interrogent sur l'habillement de la journée pour faire la meilleure impression possible sur leurs juges. Ce n'est pas facile : trop bien, on va vous taxer de comédie, trop moche, de mépris. On avale son café avec un morceau de pain, on n'a pas le ventre plein mais on est mieux. On se fait à tout. Je suis complètement réveillé, maintenant. Je perçois l'irruption, au grand jour de ma conscience, de ce qui demeurait à l'arrière-plan et dont la présence cotonneuse et voilée me gênait. Rien ne ressemble plus à une prison, au petit matin, qu'un dortoir de collège. Je n'en avais pas fini avec ces années, d'autant plus qu'évoquer Marie, comme je l'ai beaucoup fait hier, n'a pas manqué de faire renaître Delphine, mon histoire d'amour avec elle, la naissance de ma fille et les puissants tourments de ma jeunesse. Je vivais tout ce qui paraissait me défaire et me briser, les détresses, les crépuscules déchirants, les cafards, les départs et les retours, les doutes profonds sur mon destin, les timidités, non de manière gémissante, mais avec une énergie, une force, un appétit qui manifestaient que cette infinie difficulté d'être constituait le seul moyen qu'avait trouvé la vie pour me retenir auprès d'elle. Épouser l'existence non pas comme une chance mais comme un fardeau qui permettait mille variations à mon romantisme funèbre représentait un motif capital pour survivre. J'avais, c'est vrai, la dépression facile. Mais était-ce vraiment de la dépression que cette volupté avec laquelle j'ai laissé monter en moi, pratiquement jusqu'à mon mariage, le spleen littéraire et la comédie suicidaire, quotidiennement, entre dix-sept heures et vingt heures, en une mécanique bien réglée et qui, à l'époque, m'apparaissait authentique ? J'avais seulement besoin de l'idée du suicide. Dans les pires moments du collège, avant que le régime de nos sorties s'améliore, j'ai connu les larmes et cette atroce certitude que mon existence avait les ailes coupées, albatros de toute éternité, mais cela n'allait jamais au-delà de cette amertume si bien enracinée. Mais jamais aucun geste, aucun élan, aucune sombre et concrète démarche pour mener à son terme le processus de destruction. J'étais un verbeux de la disparition et mes blessures à l'âme ne faisaient pas de moi un malportant. Au contraire, dirais-je, comme si, après avoir concédé à une souffrance plus symbolique que réelle, je pouvais me permettre d'éclater de santé pour le reste. C'est une obsession qui m'est restée que de chercher en permanence à ne pas être dupe et à préférer une plaie lucide à une fausse consolation.

Au fil du temps, si je n'ai pas davantage apprécié ma vie de pensionnaire, je l'ai mieux supportée, et les retours plus fréquents à Paris n'y étaient pas pour rien. J'étais passé d'un enfermement lugubre à la voie plus classique d'un pensionnat ouvert sur l'extérieur. Plus je me rapprochais de Paris, plus l'espérance de vivre enfin près de ma mère se confirmait, plus, en même temps, me troublait l'annonce de la séparation de mes parents. Paul et moi avions deviné, même de loin, sans que Julien ait eu besoin de rien nous dire, les craquements d'une union qui n'attendait qu'un coup de grâce pour mourir. Il est venu quand ma mère a décidé de prendre le pouvoir et d'inverser le cours des choses. Elle s'occuperait de tout et assignerait sa tâche à mon père. C'était plus qu'il n'en pouvait supporter. Un homme veut bien être incompétent mais juge intolérable qu'on le lui dise. Mon père est parti un jour, dans des conditions dont j'ai su plus tard le caractère sordide. Il n'avait accepté de laisser le champ libre au groupe extrêmement soudé que nous, les enfants, formions avec notre mère que contre une substantielle rétribution qui était censée lui assurer ses arrières mais qui, dilapidée, l'a vite laissé sur la paille. Lorsqu'il est mort – j'avais trente ans –, je suis allé à son enterrement sans véritable chagrin mais parce que mes frères avaient décidé d'y assister. J'avais déjà commencé à percevoir tout ce que j'avais hérité de lui, le pire et le meilleur, et qui créait presque un lien plus fort que celui de l'affection. Ma mère, enfin indépendante, a pu en quelques années montrer l'étendue d'une intelligence, d'un talent et d'une énergie qui, aussi admiratifs que nous ayons été d'elle, nous a surpris. Nous la découvrions dans un registre qui paraissait très éloigné de sa merveilleuse féminité, de sa sensibilité si vive qu'elle obligeait ceux qui l'aimaient à prendre mille précautions, de sa tendresse qui n'hésitait jamais, quand il s'agissait de ses fils, à frôler la mièvrerie. Devenue une femme d'affaires redoutable, elle a convaincu et subjugué, séduit et vendu, suscité d'éternelles fidélités et, au bout du compte, gagné de l'argent. Au faîte de cette réussite, elle se plaisait à rappeler les pauvres Noëls magnifiques d'antan et elle s'amusait à répondre, aux imbéciles qui la traitaient de parvenue, qu'elle était simplement « revenue ».

La rançon d'être « revenus », nous l'avons au fond payée très vite. Julien et Paul, plus grands, avaient une forte complicité intellectuelle avec ma mère et pouvaient s'entretenir avec elle de tous les problèmes matériels qui la préoccupaient. Mais la double personnalité de ma mère, enthousiasmante à l'origine, a plus perturbé qu'aidé le petit dernier que j'étais. Au lieu de réunir la femme, la mère et la professionnelle dans une même adoration, j'ai laissé se dégrader cette trinité, ce qui a entraîné, avec l'effacement de l'image paternelle, le rapport très étrange que j'ai entretenu avec le sexe opposé. Une haine absolue de ce qui pouvait rappeler l'homme dans la femme. Un goût puissant et malsain pour ce qui pouvait rappeler la femme dans l'homme.

Avec la réussite, après le départ stipendié de mon père, nous nous sommes constitués en petit groupe, en autarcie, sûrs de nous en apparence mais au fond inquiets, désarmés devant l'imprévisibilité des choses et la dangereuse liberté des êtres. Nous voulions conquérir le monde mais il y avait un problème : nous ne voulions pas le voir ni le fréquenter. Parce que la politique et ses possibilités de gloire et d'action nous fascinaient, nous nous imaginions promis à une destinée surpassant les vies ordinaires. Famille Kennedy au petit pied, nous nous rêvions grandioses, mais si, grâce à ma mère, nous avions l'argent, il nous manquait l'essentiel qui était la passion, l'amour et la compréhension des autres. Nous ne pouvions pas ouvrir nos portes et nos fenêtres pour gagner, nous refusions de nous soumettre à cette évidence que, pour dominer, il fallait aussi partager l'humaine condition. Pour prétendre la gouverner, encore convenait-il, d'abord, de la connaître. Je ne peux pas dire que ces critiques sont nées avec Marie, elles se sont exprimées avec elle. Avant, j'étais à la fois inféodé et critique. J'éprouvais de l'exaspération devant ce contentement de soi collectif, presque de la pitié et une forme de tendresse devant notre peur du monde, au-delà des frontières de notre sanctuaire, qui était inviolable car nous ne courions pas le risque d'y faire venir qui que ce soit. Je ruais dans les brancards mais je restais fasciné par l'incroyable personnalité de ma mère et la chaude, la fraternelle complicité intellectuelle qui donnait au passage du temps un air de fête. Des forces, en moi, me poussaient à rompre et à partir. Mais on ne part que si un visage vous donne le signal. Il fallait, d'abord, que je rencontre Delphine, qui m'avait donné l'impression que je pourrais durer avec elle, justement parce que notre terreau amoureux serait composé non pas de sensations volatiles mais de créations objectives et tièdes et douces comme des enfants.

Delphine, par certains côtés, appartenait à cet ordre qui me tenait et qu'à la fois je désirais fuir. Elle plaisait à ma mère parce qu'elle n'abusait pas sinon du pouvoir, du moins de son apparence et de son expression. Elle laissait, dans le monde du cœur, une place importante à ma mère auprès de moi. Laura, qui est née rapidement, a fini de composer un paysage familial quasi parfait. Seule ombre, seule réserve : elle était fille unique et, selon ma mère, même pour le chiffre des enfants, il fallait voir grand ! Au fond, mes infidélités ont représenté mes premières libérations. Je mettais le ver dans le fruit et introduisais la révolution de la spontanéité et du désir dans un univers dont la cohérence excluait forcément ces ferments de trouble et de désordre. C'en était fini de la rectitude qui se satisfaisait d'elle-même et du sens du devoir, comme un impératif catégorique et joyeux. Contre toute attente, ayant réussi une école de commerce, j'avais un métier. Alors que je me destinais au parcours classique du chef d'entreprise et que je me sentais prêt à m'habiller des pieds à la tête de l'état d'esprit qui convenait, mi-humanisme mi-culte du fric, le hasard a fait capoter cette programmation. Quelqu'un m'a demandé de l'aider à préparer une importante manifestation culturelle, et cette tâche m'a suffisamment plu pour que je devienne plus tard l'un des personnages importants de « l'événementiel ». Le terme est atroce mais, en gros, en relation avec tout ce qui comptait ou croyait compter, à la demande, j'organisais la vie festive, intellectuelle et bavarde des autres. Que de colloques et de symposiums, que de manifestations et de soirées de bienfaisance, que d'apparences dorées et de réalités médiocres ! J'ai satisfait ma curiosité et, à la fois dedans et dehors, mangé la soupe et craché dans l'assiette. J'ai connu ainsi beaucoup de gens, personnalités et éminences grises, matamores de la publicité et maniaques de la discrétion. Je vais trop vite. C'est toute une vie professionnelle que je déroule. Quand je sors de l'école de commerce et que je me vois déjà entrepreneur, je suis armé pour l'existence qu'on attend de moi. Je corresponds aux canons du jeune homme qui inspire confiance. Je suis responsable, je suis mûr. Je n'attends que Marie. On croit qu'on ne passe que d'une personne à une autre. On passe d'un monde à un autre. Fin de la première partie.

2

Madeleine Dubois est en train de prendre son petit déjeuner avec ses deux enfants, Laurent et Élodie. Elle regarde l'heure à la pendule de la cuisine. Comme d'habitude, son mari est déjà parti et, comme d'habitude, Laurent et Élodie vont être en retard. Le premier, on ne sait pourquoi, a voulu faire du droit et suit les cours en deuxième année, à Assas. La seconde, âgée de quinze ans et qui ne supporte pas que Laurent, avec ses cinq années de plus, la traite de petite, est en première dans un lycée si proche qu'elle se prépare au dernier moment et, une fois sur deux, se fait remarquer car elle est la dernière à entrer dans la classe. Mais on lui pardonne tout. Elle a du charme et sait s'excuser avec le sourire. Madeleine n'ose pas s'avouer que sa fille tient d'elle. Ce serait vaniteux. Il n'empêche que dans ce petit bout de femme, elle se revoit, avec ce mélange de détermination et de douceur qui a toujours fait le fond de son caractère. Laurent, lui, est du côté de son père, sérieux, travailleur et un peu triste. Madeleine, quand on la laisse aller, s'inquiète pour cette légère morosité qui lui semble si éloignée de son image d'Épinal de la jeunesse. Elle aurait désiré que les promesses, le bonheur et la certitude bienfaisante de l'avenir fussent inscrits sur les visages comme sur un parchemin. Laurent, dont le manque d'enthousiasme était sans doute la principale faiblesse, ne répondait pas du tout, sur ce plan, à ses attentes et elle en venait – inconsciemment car elle n'aurait pas toléré de sa part la moindre préférence délibérée – à privilégier Élodie dont la présence et l'énergie gaie la préparaient à sa rude tâche de juger.

La porte claqua deux fois, à quelques secondes d'intervalle. Elle était seule et ne détestait pas ce moment où, comme un sportif qui se concentre et prend ses marques, elle se rassemblait elle-même et commençait à s'imprégner de ce qu'allait être sa journée de travail. C'était étrange mais elle avait mal dormi, alors qu'habituellement la session d'assises, qu'elle présidait, n'altérait pas son sommeil. Elle ne parlait jamais de ses affaires à son époux, mais la veille, très tard, quand elle avait enfin retrouvé Pierre et qu'ils mangeaient du bout des lèvres un plat qu'elle avait réchauffé au micro-ondes, elle s'était surprise à évoquer le procès en glissant, comme par inadvertance, que l'accusé l'intriguait et qu'elle ne sentait pas bien les choses. Pierre l'écoutait d'une oreille aussi distraite qu'à l'ordinaire, mais s'étonna de cette confidence judiciaire que son épouse, généralement, se gardait bien de livrer. Elle n'appelait d'ailleurs aucune réponse et Pierre se tut sans remords. Madeleine, si elle avait voulu affiner sa pensée, n'aurait pas seulement mentionné le contraste entre l'accusé et son crime (ce qui était, somme toute, une banalité en matière criminelle, car la malfaisance ne se lit pas sur la peau), mais le caractère très singulier et de l'auteur et du meurtre. Bien sûr, son expérience la mettait à l'abri des naïvetés sulpiciennes et de l'humanisme niais, elle n'ignorait pas que les détenus ne se trouvaient pas par hasard dans le box, mais elle ne pouvait s'empêcher, pour une fois, de laisser une petite chance au doute et à l'incertitude. Certes, elle ne croyait pas à la dénégation qui, au regard du dossier, lui semblait une démarche absurde. Il avait jeté la victime par-dessus le balcon et elle s'était écrasée au sol, six étages plus bas. Non, c'était quelque chose de plus subtil que l'alternative simpliste entre culpabilité et innocence. Elle acceptait, pour forger sa conviction, de ne fermer aucune voie à la circulation de sa pensée.

Un air vivifiant et libre allait transformer ses préjugés en interrogations. Allons, encore une journée qui s'annonçait bien. Les tragédies, qui étaient son lot quotidien et dont elle respectait les douleurs, de quelque côté que ce fût, en ne tournant rien en dérision – c'était l'attitude ricanante et étriquée qu'elle exécrait le plus – ne l'avaient jamais détournée d'accomplir son métier avec une allégresse à la fois sensible et intellectuelle. Madeleine percevait qu'un tel aveu, auprès de gens hermétiques à la grandeur des assises, aurait pu la faire passer pour une sadique. Son fils Laurent la jugeait coupable d'un dérèglement suspect. Il avait beau faire du droit au grand étonnement de Madeleine, il ne serait jamais magistrat ou avocat. Il y fallait une implication, une passion qui n'étaient pas son genre. C'était comme ça.

Dans le métro, deux jurés se sont reconnus. Un homme, une femme. Guillaume et Pauline. Pour simplifier les choses et faciliter leur vie judiciaire en commun, les jurés ont décidé de s'appeler par leur prénom. Juger ensemble autorise une familiarité que l'existence des uns et des autres, avec des centres d'intérêt et des métiers dissemblables, aurait sans doute rendue impossible ailleurs. Guillaume et Pauline parlent de leur profession. Il est dans l'informatique, elle est boulangère. Le fait de partager la grave responsabilité de décréter l'innocence ou la culpabilité crée entre eux, aujourd'hui, une complicité dont l'un et l'autre mesurent le caractère surprenant, un désir de se connaître et une envie d'échanger qui, tout de suite, les placent sur un pied d'égalité et dans une atmosphère de séduction réciproque. Ils descendent de la rame, montent les marches pour sortir de la station et arrivent près du Palais de Justice. À deux, ils ont infiniment plus d'assurance que la veille, où chacun venait avec son ignorance et sa solitude. Probablement sont-ils persuadés d'avoir éprouvé la même impression puisqu'ils se sourient en montrant aux gardes leur convocation de juré. Il est neuf heures quinze. Avant d'entrer dans la chambre du conseil où deux autres jurés sont déjà présents, Pauline a le temps de murmurer à Guillaume qu'elle aurait aimé être assise à côté de lui. Guillaume a été le premier tiré au sort, et Pauline la huitième. À quatre, après un court instant où la timidité des retrouvailles les fait se taire, un peu gênés, ils éprouvent une forme de soulagement à se communiquer leurs impressions sur la première journée d'audience. Mais ils parlent doucement, comme s'ils n'étaient pas persuadés d'avoir le droit de le faire en l'absence de la présidente. Guillaume est effaré de constater qu'il s'infantilise, alors qu'il se croyait plus fort que tout ce à quoi il pourrait être confronté.

3

Je suppose que l'escorte particulière qui m'est dévolue ne tient pas à mon importance mais à la nécessité de me faire comparaître à l'heure dite pour ne pas encourir les foudres, rares mais ravageuses m'a-t-on dit, de la présidente. J'arrive donc tôt au Palais de Justice et, pour gagner du temps, on ne me laisse pas au dépôt mais on me monte dans la petite salle où je suis surveillé lors des suspensions, après un certain nombre de contrôles parfaitement inutiles mais répétés quotidiennement. Deux de mes gardes sont nouveaux, le troisième étant l'un de ceux de la veille, lors de la pause du déjeuner. C'est dérisoire mais cela me fait du bien de revoir sa tête carrée et fruste, avec parfois un sourire vite réprimé. J'ai l'impression que, pour lui aussi, il y a du contentement, comme si cela le posait auprès de ses collègues d'avoir de l'avance sur eux auprès de l'accusé. Je suppose que c'est pour cela qu'il m'entreprend en me disant que les journaux, ce matin, parlent de mon affaire. Je voudrais bien les lire. Il faudra que je pense à demander à mon avocat de me les faire passer plus tard. Je ne crois pas, en dépit de la réglementation tatillonne, qu'on puisse me l'interdire. Je suis curieux de voir à quelle sauce médiatique je vais être mangé. C'est un étrange trait d'union entre ma vie d'avant, où je dévorais trois journaux par jour, et celle d'aujourd'hui où cette curiosité ne m'a pas quitté. J'ai toujours eu l'impression qu'un événement ne devenait tout à fait réel que lorsque je pouvais le lire. J'éprouvais une sorte de jouissance à l'idée, lorsque l'actualité était excitante, quelle que fût sa nature, d'en trouver une traduction qui lui donnerait consistance et sens.

Il me semble que, pour la première fois, je parviens à m'évader – si j'ose l'expression – non pas du procès mais de tout ce qu'il m'a obligé à charrier et à agiter, enfance, jeunesse, mariage, naissance et passion. Je peux dire, sans abuser de cette tarte à la crème qui voudrait que toute épreuve – et le procès en est une, redoutable – soit porteuse d'élucidation et de progrès, que je me connais déjà un peu mieux. L'étonnant, c'est que l'accusation qui m'est faite ne me préoccupe pas, comme si mon innocence avait réglé le problème, même dans ce lieu capital où elle va être discutée. Pourtant, il faudra bien que je fasse un effort, mais j'ai souvent entendu dire, dans mon existence d'homme libre, que rien n'était plus difficile à démontrer que l'innocence. Avant même d'être directement confronté à ce débat central, je pressens comme cette opinion est juste. Que vais-je bien pouvoir répondre puisque j'étais présent mais que je n'ai pas commis de crime ? Sera-ce à moi de présenter d'autres pistes, de formuler d'autres hypothèses, de recommencer le travail de la police et du juge d'instruction ? Je m'en sens bien incapable et, pour perdre le peu d'espoir qui me reste chevillé au cœur, il suffit de me rappeler mon combat permanent et inutile contre le juge d'instruction, Burgroie, dont l'obsession était de me démontrer qu'il avait raison et que son intuition était juste. Une intuition détachée du réel, née comme ça, au *feeling* comme il disait. Son *feeling* lui a fait sentir que j'étais un meurtrier. C'est absurde. Mais il ne faut pas que je dépense mon énergie et mon indignation avant l'heure. Mon avocat entre, étonné par mon air aimable. Il est vrai qu'hier, je ne l'ai pas ménagé. S'il n'a pas manifesté un brio éclatant, se gardant bien d'intervenir quand il percevait mon désir de retenue, il a été moins mauvais que je l'aurais cru. Sa présence polie et respectueuse a fait bon effet sur les jurés, et les deux questions qu'il a posées, en dépit du caractère alambiqué de l'une d'elles, n'étaient pas totalement dénuées de sens.

Surtout, ce crétin d'expert en avait pris pour son grade. Peut-être ai-je été, comme souvent, trop sensible à l'apparence physique en décelant de la froideur, voire de la vanité chez cet avocat alors que, jeune, peu expérimenté, il était sans doute plus gêné que moi. Je sens qu'il veut me dire quelque chose mais qu'il hésite. Je lui demande en souriant ce qu'il me cache. Il a besoin de mon accord. Il pense que ce serait une bonne idée de solliciter l'audition du juge d'instruction. La présidente pourrait l'ordonner en vertu de son pouvoir discrétionnaire. Je juge la coïncidence amusante alors que je viens de penser pis que pendre de Burgroie. Je n'ai rien à perdre et c'est le grand avantage de n'avoir aucune illusion, rien ne touche et tout est bienfait. Je réponds à Olivier Gras que je n'y vois aucun inconvénient. Il me remercie comme si je lui faisais un cadeau de prix. Il me quitte pour aller saluer la présidente. Lorsqu'il est parti, les gardes se sentent plus à l'aise. Ils discutent des résultats du championnat de France de foot.

Ils y mettent une passion qui me surprend. Je n'imagine pas qu'on puisse s'enflammer à ce point pour vingt-deux joueurs qui cherchent à se prendre un ballon rond et à l'envoyer dans les filets. Pourtant, j'ai encore dans la tête les hurlements collectifs quand la France est devenue championne du monde de foot. C'était du délire. Pour ma part, j'étais touché par le ridicule et le grandiose de cette effervescence, au fond pour presque rien. Cette hypertrophie du ludique me tapait sur les nerfs. Il est vrai que, en dépit des apparences, je n'ai jamais su réellement m'amuser. Une répugnance profonde m'écartait du futile de l'existence. Aujourd'hui, maintenant que cela n'a plus aucune importance, je comprends comme j'ai dû être, auprès de Marie, rabat-joie, rabat-enthousiasme. J'avais peur de toutes ses capacités de drôlerie, de gaieté, de l'ivresse avec laquelle elle se jetait dans le monde pour s'en gorger, pour éprouver une solidarité délicieuse avec ceux qui respiraient le même air qu'elle et qui l'apitoyaient car ils allaient mourir comme elle. Je l'ai souvent vue frappée, au beau milieu de fêtes, par une mélancolie vite dissipée, comme un coup de vent qui ébouriffait son cœur. La conscience du néant venait se planter dans son bonheur d'être, de partager. Cela ne durait pas, mais j'avoue que ces brusques décrochages de sa personnalité me touchaient et me rassuraient. Avec un indéniable sadisme, je raffolais de ses tristesses et des ombres qui venaient infléchir l'éclatant de son caractère et de son humeur. Je la devinais alors davantage à ma merci, et son besoin de moi me donnait un peu plus de confiance. Tout cela était affligeant de peur, de machisme et de puérilité mélangés. Elle faisait semblant de ne jamais s'offusquer de l'étrangeté des chemins par lesquels je passais. Je me réfugiais trop vite derrière la belle façade de la fatalité : je n'y peux rien car je suis victime d'un destin supérieur. La tragédie grecque mise à toutes les sauces. Il fallait bien que le grec, appris il y a si longtemps, me servît à quelque chose. À me mentir.

Il est neuf heures vingt-cinq. Mes gardes se relèvent et me mettent les menottes aux poignets. Le règlement, c'est le règlement. Une angoisse terrible, soudain. Si Dieu existait, je m'adresserais à lui en cet instant pour lui remettre en mémoire mon innocence, au cas où il l'aurait oubliée dans l'immense folie du monde. Mais je ne crois pas qu'il existe et, bêtement, je suis mon escorte.

4

Dans la chambre du conseil, sur la table, il y a *Le Figaro*, déplié à la rubrique judiciaire. Un court article est consacré à l'affaire et chacun des jurés l'a lu. Le titre évoque « un étrange climat à la cour d'assises de Paris ». C'est la présidente qui a acheté le journal, comme elle en a l'habitude chaque matin. Personne n'a osé faire part de son sentiment profond au sujet du compte rendu de cette première journée. On entend des murmures dans les petits groupes qui se constituent lorsqu'on met en vrac, au hasard, des personnes ensemble. Il ne faut pas attendre longtemps pour que les affinités organisent en détail une humanité qui se supporte mal en gros. La présidente est agacée car elle déteste commencer l'audience en retard et, pour une fois que l'accusé a été extrait dans les délais prévus, c'est un juré qui met à l'épreuve sa patience. Il s'agit de Raymond, qui est gardien d'immeuble et dont les interventions gouailleuses, hier dans les coulisses, ont inquiété Madeleine qui n'a pas été loin de regretter que l'avocat général ne l'ait pas récusé. Déjà, après le déjeuner, il avait fait irruption en courant dans la chambre du conseil, tout rouge, pas du tout penaud malgré le regard désapprobateur de tous. Il donnait l'impression d'avoir trop bu. L'assesseur, Juliette, qui doit avoir une vocation d'avocat rentrée, tente de l'excuser en disant qu'elle-même a perdu beaucoup de temps lors du contrôle à l'entrée du Palais. Au moment où la présidente s'apprête à répondre que tout le monde est soumis aux mêmes contraintes, Raymond arrive, moins faraud que la veille. Madeleine étonne le jury par la sécheresse de son ton. C'est, tout à coup, une autre femme qui réprimande Raymond comme un gamin. Celui-ci baisse la tête et, de nouveau, Guillaume s'étonne de l'infantilisation qui les saisit tous, obligés qu'ils sont de maîtriser un monde qu'ils commencent à peine d'apprendre. Pourtant, c'est d'eux que tout va dépendre. La présidente est prévenue que l'accusé se trouve déjà dans le box. L'huissier, qui va continuer d'introduire les témoins, est également présent. Au moment où l'appariteur, qui est apprécié au point d'être une figure du Palais de Justice, aussi à l'aise avec les magistrats qu'avec les avocats et les jurés, ouvre la porte d'accès à la salle d'audience et crie : « La cour ! ». La présidente, tête haute, l'allure altière, s'engouffre dans l'espace, suivie par son jury. Avant de s'asseoir et d'annoncer que l'audience est reprise, elle se reproche d'avoir pensé au jury comme à un groupe qui lui appartenait et de n'avoir ordonné aucune suspension la veille au cours des débats, ni le matin, ni l'après-midi. Ils ont vraiment dû en baver, les pauvres, songe-t-elle. L'audience est reprise.

– Aujourd'hui, nous allons aborder les faits qui vous sont reprochés par l'accusation, annonce-t-elle à l'accusé, après s'être tournée une seconde vers l'avocat général, toujours aussi bougon.

On a l'impression que ce n'est pas la difficulté de sa tâche qui le rend aussi sombre mais qu'il voudrait, tout simplement, ne pas être là. Quelques jurés ne supportent pas sa tête. Au moins, l'avocat, lui, ne fait pas la gueule. D'ailleurs, c'est l'instant qu'il choisit, comme devinant les pensées favorables qui s'attachent à lui, pour solliciter de la présidente qu'elle veuille bien, en vertu de son pouvoir discrétionnaire, faire entendre le juge d'instruction Burgroie. Pour la défense de son client, cette audition lui semble absolument nécessaire. La présidente n'hésite pas longtemps, elle accepte de satisfaire la requête de maître Gras et demande que le juge soit avisé d'avoir à se présenter vers dix-huit heures. Les journalistes, plus nombreux que la veille, sont tout excités. Il n'est pas fréquent de faire venir devant la cour d'assises le magistrat qui a instruit l'affaire. Cela promet.

5

– Nous connaissons la nature de vos liens avec la victime. Maintenant, veuillez, je vous prie, nous parler de la nuit des faits et de votre emploi du temps. Je suppose que votre position n'a pas changé…

– Non, madame le Président, elle n'a pas changé. Je n'ai pas tué Marie, je l'aimais et, si nos disputes étaient fréquentes, elles faisaient en quelque sorte partie de notre vie. Le 16 mars, dans la journée, je n'ai rien fait de spécial. La routine. Mon bureau. Pour déjeuner, mon assistante m'a apporté un plateau. L'après-midi a passé rapidement. J'avais du mal à me concentrer car je devais retrouver Marie vers vingt et une heures directement chez son amie Madeleine Curtet. Une nouvelle soirée, une de plus, était organisée, toujours par les mêmes dont je percevais mal les rapports, je veux bien sûr parler de Clieu, Brouzy et Praraud. Leur présence constante chez Madeleine ne laissait pas de m'étonner mais je n'avais aucune raison de m'interroger plus avant. J'avais déjà, à l'instigation de Marie, participé à des fêtes au même endroit et je savais ce que j'allais y trouver : de l'alcool, de l'ivresse, des coucheries diversifiées et de la drogue, des comportements de plus en plus dégradés, des personnes portant beau au début puis devenant des loques, englouties par l'atmosphère générale. Je ne pouvais pas m'empêcher de suivre Marie comme un toutou, comme un imbécile loin d'être heureux, mais je protestais, furieux devant ce qu'elle m'imposait et que, lâche, j'acceptais. Je ne percevais pas les mystérieux motifs qui la faisaient venir avec cette curiosité jamais lassée. Je ne la voyais pas se livrer à une débauche effrénée ni boire comme une folle. Elle demeurait toujours maîtresse d'elle-même. Je suis arrivé à vingt et une heures dix dans l'appartement, un immense duplex dans le seizième arrondissement. Marie était en retard, selon son habitude, mais tellement superbe quand, enfin, je l'ai vue apparaître. Elle portait un tailleur pantalon noir avec un chemisier blanc. C'était la tenue dans laquelle je la préférais. On avait beau être habitué à elle, chaque fois c'était la même chose, des regards amicaux, un éblouissement, la satisfaction heureuse de la voir toujours fidèle à elle-même dans l'éclat d'un corps, dont je comprenais trop bien le désir qu'il suscitait, et d'un visage de lumière qui le couronnait. Je l'aimais et j'étais fier. Aujourd'hui, je n'ose plus vous dire qu'elle était à moi puisqu'elle n'est plus à moi et qu'elle est morte. Mais je ressentais, à l'admirer dans cet appartement, de l'émotion et de l'orgueil pour sa beauté, dont j'étais l'idolâtre officiel et qui surgissait avec fragilité et splendeur, sous la menace de son futur déclin. Tout de suite, j'ai remarqué qu'elle était de mauvaise humeur, cachant sous une gaieté forcée un malaise sur lequel je l'ai immédiatement questionnée, avec cette propension que j'avais à m'engouffrer dans ce que j'aurais dû fuir. Nous circulions au milieu des êtres, buvant un peu, elle s'arrêtant devant chacun avec un mot vif, aimable, spirituel, et moi, à côté ou derrière, faisant la gueule, regardant le spectacle d'une humanité prétendument libérée mais en réalité pitoyable. J'étais incapable de parler à qui que ce fût, seulement obsédé par les causes de sa tristesse, que je reliais au regret ou à l'espérance d'un homme. Je la suivais, je la harcelais. Elle ne me répondait pas, se réfugiant dans une sorte de laconisme ironique qui amplifiait mon inquiétude au lieu de l'apaiser. Ce qui m'irritait le plus, c'est qu'elle n'avait pas démenti sa morosité. Elle me laissait en plan, me connaissant suffisamment pour deviner que j'allais me tordre le cerveau et m'inventer mille versions du pire. Je lui demandais, de plus en plus rudement : Tu as vu un homme ? Allez, dis-le ! Je la suivais et, à un certain moment de notre progression dans cette multitude alcoolisée — nous étions rarement moins de cent –, nous avons rencontré l'imbécile, le pontifiant, le vaniteux Pierre Brouzy. Je ne pouvais pas le supporter et quand j'ai vu Marie, par pure provocation à mon égard, lui faire mille grâces, je l'ai prise par le bras et l'ai entraînée sur la terrasse de l'appartement, une très belle et très grande terrasse où peu de gens se trouvaient car il faisait froid. Je l'ai insultée sur un ton grossier, lui reprochant d'être une prostituée sociale et de ne savoir que complaire à des crétins comme Brouzy. J'étais jaloux mais, en même temps, je pensais ce que je disais. J'avais toujours reproché à Marie ce que j'appelais sa démagogie et sa faiblesse devant les hommes. J'avais même remarqué quelque chose d'étrange, chez elle. Devant la stupidité ou la médiocrité viriles, elle s'aplatissait, comme pour combler la distance entre elle et ces hommes, parce que, en dépit de sa classe, elle ne supportait pas que son attitude pût laisser supposer un quelconque sentiment de supériorité. Elle se désirait femme au milieu d'hommes qu'elle n'observait jamais de manière critique parce qu'elle avait tellement soif d'égalité qu'au besoin elle l'inventait. Marie a pris la dispute en pleine face, j'étais tellement hors de moi que j'ai failli la frapper, elle s'est reculée puis m'a insulté à son tour avec une verdeur qui m'a d'autant plus scandalisé que, en général, Marie maniait un vocabulaire très châtié. Cela a duré quelques secondes, peut-être une minute, mais il est certain que quelques personnes ont dû nous entendre. J'étais si peu sûr de pouvoir dominer ma violence qu'il me semble, mais c'est confus, être reparti. Je suis revenu, je crois, dans l'appartement. Presque immédiatement, je ne sais plus quelle heure il était exactement, vers deux heures et demie du matin peut-être, j'ai entendu un immense brouhaha et quelqu'un a crié : « Elle s'est jetée ! » Un autre : « On l'a poussée ! » Une cohue indescriptible d'affolement et de curiosité malsaine, beaucoup montaient, certains descendaient de la terrasse. Au milieu de ce désordre, il était évidemment impossible de savoir qui avait fait quoi et où se trouvait chacun lors de la chute de Marie, le tumulte ayant fondu tout le monde dans un anonymat protecteur. Dans ces conditions, comment aurais-je pu être assuré d'un témoignage confirmant que j'étais dans l'appartement, et non sur la terrasse, avant la disparition de Marie ? Voilà. J'ai été interpellé le lendemain, mis en examen deux jours après et je suis détenu depuis.

– Je vous remercie. Les uns et les autres, nous poserons des questions plus tard à l'accusé, quand les témoins principaux auront été entendus. Cela me semble plus logique. Il n'y a pas d'opposition ?

– Aucune, madame le Président, répondirent en chœur, pour une fois, l'avocat général et l'avocat.

Voilà. J'ai terminé. J'ai tout dit. Je n'ai plus rien à dire. Ainsi, c'est cela l'innocence, si peu de mots, si peu de preuves. Pourtant, la pauvreté de mon propos m'effraie. Ainsi, j'ai attendu plus de deux ans pour en arriver à ces mots si infimes, à ces preuves si inconsistantes. J'ai peur, soudain. J'aurais dû… Quoi ? Qu'aurais-je pu dire de plus ? J'ai tout dit et ce n'est rien.

– Monsieur l'Huissier, tous les témoins prévus pour ce matin sont-ils présents ?

– Oui, madame le Président.

– Faites entrer le commandant Leduc.

Le commandant Leduc arrive dans la salle d'audience. Dans le silence qui l'accueille, sa timidité est palpable. Son grand corps tout empreint de gaucherie s'avance vers la barre. Le contraste entre cette masse et la retenue avec laquelle elle s'offre aux regards est saisissant. Après avoir prêté serment, le commandant se voit rappeler par la présidente qu'il doit d'abord déposer spontanément et qu'ensuite il aura à répondre aux questions des parties. Le début de l'intervention est hésitant mais la voix s'éclaircit et le propos prend de l'assurance et même de la vigueur.

– Madame le Président, nous avons été avisés dans la nuit

du 16 au 17 mars 2001, à deux heures cinquante-cinq, de la chute d'un corps du sixième étage d'un immeuble situé au 15, rue Boileau dans le seizième arrondissement à Paris. Le parquet, compte tenu de l'importance de l'affaire, a chargé la brigade criminelle de procéder à l'enquête. Je suis évidemment tout de suite allé sur place, il devait être trois heures et demie et, d'emblée, j'ai perçu une atmosphère étrange. La victime était une jeune femme que nous avons pu identifier sans aucune difficulté. Il s'agissait de Marie Boise, dont la date de naissance était le 23 janvier 1971. J'ai dit que l'atmosphère m'a semblé étrange car, en dehors de l'agitation habituelle qui entoure une mort tragique, il régnait une sorte de méfiance, de peur aussi. Je sais bien qu'on n'accueille jamais la police à bras ouverts mais là, franchement, c'était pire. La victime s'était écrasée au sol, sur le ventre, et vous devinez dans quel état se trouvait son corps, désarticulé, disloqué comme un pantin. Et sa tête ! Elle avait heurté la première le plan dur et il y avait beaucoup de sang autour du crâne qui avait littéralement explosé et d'infimes traces de végétation sur ses vêtements. Dans le groupe de personnes qui, à l'évidence, étaient liées à cette tragédie, je reconnaissais certaines célébrités, même si je n'avais pas alors une curiosité infinie pour le monde du show-business, pour parler rapidement. Depuis, je me suis perfectionné. En particulier, j'ai remarqué le comportement de l'acteur André Clieu et du présentateur de télévision Pierre Brouzy. Même dans cette épouvantable circonstance, ils me semblaient ne pas oublier qui ils étaient. Gênés, c'est sûr, mais en même temps presque fiers d'être là où l'actualité, même la pire, se faisait. Plus tard, j'ai aussi vu quelqu'un dont la présence m'a fortement étonné dans cette affaire, l'homme politique Marcel Praraud. Un leader centriste. Ce mélange des genres me mettait mal à l'aise. Une fête qui avait mal tourné, du sexe, de la drogue qui avait créé l'explosion, un monde sulfureux de gens qui savaient pouvoir compter sur la discrétion des uns et des autres ? J'ai demandé à mon équipe de prendre l'identité de tous ceux qui étaient liés à cette mort de près ou de loin et de les retenir, le temps de vérifications plus approfondies. En laissant traîner l'oreille, avant de procéder aux auditions qui allaient être nombreuses et difficiles, j'entendais vaguement parler, ici ou là, de meurtre, de suicide, c'était très peu clair, c'étaient les rumeurs et les ragots qui viennent naturellement parasiter les tragédies. Je suis monté au sixième étage pour examiner l'appartement d'où Marie Boise était tombée. Mes hommes, qui accomplissaient au sol les constatations qui, pour la Crim, relevaient de l'enfance de l'art, viendraient ensuite diligenter les mêmes démarches dans l'appartement. L'Identité judiciaire avait été mandée tout de suite pour les photographies des lieux et du cadavre, la recherche d'empreintes et de traces dans le secteur précis et délimité de la scène fatale serait effectuée avec le plus grand soin. Il y en aurait pour des heures de travail.

– Commandant, je tiens à vous préciser que messieurs Clieu et Praraud seront entendus cet après-midi, et monsieur Brouzy ce matin. Par ailleurs, votre exposé est très complet mais je vous invite à ne relater que l'essentiel. La technique policière est, certes, passionnante, mais ce qui nous importe au premier chef, c'est de savoir ce qui s'est réellement passé au cours de cette nuit.

La présidente, tout en n'étant pas obsédée par les horaires, a regardé discrètement sa montre et a craint que le témoignage du commandant prenne plus de temps que prévu. Avec de surcroît l'audition du juge Burgroie, l'audience risquait de se prolonger bien au-delà de vingt heures, qui était, à son sens, l'heure limite pour la capacité de résistance et d'attention du jury. Pour l'instant, en tout cas, ils tenaient très bien le choc. Elle ne pouvait s'empêcher de considérer le jury comme un groupe dont elle pouvait être fière. Elle était heureuse d'avoir ces jurés auprès d'elle.

– Commandant, vous pouvez reprendre votre témoignage.

– J'ai bien compris, madame le Président. Je vais m'efforcer d'aller à l'essentiel. Dans l'appartement, d'abord, ce qui m'a frappé, c'est un désordre indescriptible. Meubles renversés, bouteilles d'alcool nombreuses et vides, jetées dans tous les coins. Saleté incommensurable. Seringues. Capotes. Je ne m'attendais pas à trouver un lieu saint, mais un tel champ de bataille m'a tout de même surpris. L'appartement disposait d'une immense terrasse qui n'était séparée du vide que par une rambarde en verre. Pour vous donner une idée de sa hauteur, elle m'arrivait à la ceinture et je mesure un mètre quatre-vingt-cinq. Elle était dissimulée par une série de plantations qui ne gênaient pas l'accès au bord pour ceux qui auraient pu vouloir s'en approcher. Il était manifeste que ce garde-fou, au demeurant facile à enjamber, ne pouvait pas représenter un obstacle en cas de poussée violente. J'ai mieux compris la présence des traces de végétation sur les vêtements de la victime. Près de la rambarde, il y avait de nombreux éclats de verre. La chute – pour rester neutre – était partie de là. Avant d'embarquer les personnes que nous avions décidé de garder à notre disposition, j'ai eu un rapide contact avec le médecin légiste venu faire les constatations superficielles sur le cadavre. Apparemment, il n'y avait pas de lésions établissant l'utilisation d'une arme. Marie Boise était tombée. En l'état, aussi banal que soit le constat, c'est tout ce qu'on pouvait dire. Il était temps de procéder aux auditions. Dans notre service, vous avez pu le constater dans la procédure, c'est le lieutenant Polin, avec son collègue Marty, qui a entendu le plus grand nombre de témoins, j'allais dire de seconde zone, en tout cas des témoins dont la présence sur les lieux n'apportait pas d'éléments décisifs pour l'élucidation de l'affaire. Ils étaient au moins une dizaine qui nous ont expliqué, en substance, avoir été invités à cette soirée, les uns par Clieu, les autres par Brouzy. L'appartement appartenait à une femme, Madeleine Curtet. Elle était, paraît-il, follement amoureuse de Clieu et mettait les lieux à sa disposition, espérant ainsi obtenir davantage qu'une amitié désincarnée. Elle nous a expliqué que beaucoup de fêtes étaient organisées dans son appartement, dont certaines lui échappaient totalement et réunissaient des invités qu'elle voyait pour la première fois. Elle se doutait bien que ce style d'existence, que son aisance financière lui permettait, lui attirerait un jour des ennuis. Trop de gens bizarres chez elle, trop de pratiques discutables. La drogue circulait et on s'aimait sans retenue, dans des configurations surprenantes. Elle n'était pas bégueule mais, au fil du temps, elle se sentait dépassée par le tour que prenaient des soirées dont elle était souvent l'hôtesse involontaire.

– Commandant, Madeleine Curtet sera également entendue dans la matinée. Vous pouvez passer rapidement sur elle, si j'ose m'exprimer ainsi.

La présidente esquissa un sourire discret, les jurés suivirent le mouvement, et Leduc lui-même s'associa à cette très légère décrispation.

– Les autres témoins ont confirmé que, très souvent, des fêtes se déroulaient dans cet appartement à la superbe terrasse. L'hôtesse était charmante et pas toujours présente. On savait qu'elle nourrissait une intense passion pour Clieu, apparemment non payée de retour. Les invités, chaque fois, étaient différents, même si un noyau dur, Clieu, Brouzy et Praraud, constituait la base des soirées où des personnes n'hésitaient pas à emmener avec elles d'autres personnes, et ainsi de suite. Il fallait tout de même appartenir à un certain monde, libéré et argenté, prêt à des dérèglements qui, accomplis par l'ensemble des invités, ne risquaient pas d'être connus ou dénoncés. La drogue, surtout de la cocaïne, était fournie par un couple, demeurant en Seine-Saint-Denis. Les livraisons étaient régulières. Nous avons acquis la certitude, au fil de ces auditions, que dans cet appartement gravitait un monde très hétérogène, des prostituées de luxe, des hommes politiques, des personnalités des médias, des acteurs… Et des parasites tentés par cette facilité, ce fric, cette drogue, et le sexe sous toutes ses formes qui couronnait l'ensemble. Marie Boise était connue. On l'appréciait. Ce qui nous a surpris, je peux dire, dans l'ensemble des déclarations, notamment celles du noyau dur que j'évoquais tout à l'heure, a été la mise en cause unanime de l'accusé. C'était surprenant mais en même temps on n'avait rien de concret pour le suspecter. Personne ne nous a dit, bien sûr, qu'on avait vu l'accusé pousser la victime dans le vide, mais on nous a parlé des disputes fréquentes qui les opposaient et de la querelle grave qui les avait déchirés au cours de la soirée au point que l'homme, selon certains, avait giflé la jeune femme. Le plus virulent dans sa mise en cause était Praraud, mais j'ai bien noté que vous alliez l'entendre. Nous ne pouvions pas rester indifférents à des imputations si concordantes, alors qu'apparemment aucune concertation n'avait pu être mise en œuvre par les intéressés. Force était donc d'accorder une grande crédibilité à cette orientation de l'enquête, d'autant plus que, dans la confusion de la chute, aucune donnée fiable ne pouvait être recueillie sur la présence des uns et des autres sur la terrasse ou dans l'appartement. D'autre part, tous les témoignages rapportaient que la personnalité de Marie Boise était aux antipodes de toute pulsion suicidaire. Il était, par conséquent, inconcevable de s'accrocher mordicus à la thèse du suicide, qui n'était corroborée par rien. Madame le Président, j'en ai terminé et j'attends vos questions.

– Merci, Commandant, pour votre témoignage très complet. Compte tenu de l'heure, je vous propose le programme suivant pour la matinée : nous allons poser toutes les questions qui nous semblent utiles au témoin, puis nous ferons une suspension qui n'excédera pas dix minutes. À la reprise, nous aurons encore théoriquement trois témoins à entendre : Madeleine Curtet, Pierre Brouzy et le lieutenant Polin.

Pour celle-ci, le commandant Leduc ayant fait la synthèse des auditions effectuées et sous réserve que la défense ne s'y oppose pas, je suggère que le lieutenant Polin soit dispensé de témoigner.

– Madame le Président, la défense partage tout à fait votre point de vue.

– Merci, maître. Monsieur l'Huissier, prévenez le témoin qu'il peut partir et profitez de cette occurrence pour vérifier si le juge Burgroie a bien été avisé.

L'huissier va accomplir son office.

– Nous revenons vers vous, Commandant. Pour ma part, j'ai quelques questions à vous poser. Je rappelle à mesdames et messieurs les jurés qu'ils peuvent poser directement des questions, ou par mon intermédiaire en me les transmettant par écrit. Ils savent déjà qu'ils ne doivent en aucun cas manifester leur opinion. Commandant, dans le procès-verbal de synthèse qui clôture votre enquête et qui a été rédigé sous votre autorité, vous concluez qu'il existe de fortes présomptions d'homicide volontaire à l'encontre de l'accusé. Vous avez réaffirmé cette position. Est-ce bien exact ?

– Je confirme ma position, madame le Président, pour les motifs que j'ai évoqués tout à l'heure. Il va de soi que j'ai bien conscience de la présomption d'innocence qui doit bénéficier à l'accusé. Il n'empêche que, au regard des éléments que nous avons recueillis et qui, apparemment, n'ont pas été démentis par l'information, la seule explication plausible de la chute de la victime me paraît être l'existence d'une poussée commise par l'accusé.

– Vous n'avez pas entendu la mère de la victime et son frère Antoine que le magistrat instructeur convoquera par la suite. Pourquoi ? Vous estimez que les renseignements recueillis sur la personnalité de Marie Boise ont été suffisants ?

– C'est vrai, nous n'avons pas entendu la mère et le frère de la victime. Pour deux raisons. La première, faute de temps, dans nos maigres quarante-huit heures de garde à vue. La seconde, en quelque sorte par dignité. Ils étaient sous le choc d'un immense chagrin et il nous a semblé plus décent de laisser leur audition à la charge de monsieur le juge Burgroie.

– Merci, Commandant. Mesdames et messieurs les jurés, avez-vous des questions à poser ? Je constate que l'un de vous m'a fait passer un petit mot. Avant, je vais laisser mon assesseur de gauche intervenir, puisqu'elle en a manifesté l'intention.

– Commandant, pouvez-vous dire en conscience que vous avez exploré toutes les pistes ?

– En conscience, oui.

– Vous avez évoqué les charges contre l'accusé, l'absence, à votre sens, de toute velléité suicidaire chez la victime. Mais, compte tenu du milieu interlope que fréquentait la victime et que vous avez décrit tout à l'heure, avez-vous pensé, par exemple, à un meurtre lié à la drogue ou à d'autres relations qu'aurait pu nouer Marie Boise, même à l'insu de son compagnon officiel ?

– Il est évident que la piste de la drogue a été abordée. Nous avions ce couple qui fournissait régulièrement de la cocaïne. Il a toujours été payé sans aucun problème pour ses livraisons. Tous ces gens étaient fortunés et n'avaient aucun intérêt à discuter les prix ou à critiquer la qualité de la marchandise. Leur intérêt était de payer dans la discrétion, un point c'est tout. Quant à d'éventuelles autres relations de Marie, c'est comme pour le suicide tout à l'heure. Elle connaissait beaucoup de monde, le noyau dur notamment, mais dans des conditions qui ne nous ont pas semblé spécialement révélatrices ou dangereuses.

– Commandant, la question du juré est la suivante. L'accusé était-il connu de vos services ?

– Absolument pas. Il n'avait aucun antécédent et ne s'était jamais fait remarquer défavorablement.

– La défense a-t-elle une question à poser ?

– Oui, madame le Président. Commandant, avez-vous pu vérifier si, au cours de la soirée et de la nuit, une dispute a éclaté, et entre qui ?

– Il nous a été indiqué par divers témoins qu'une altercation verbale avait opposé l'accusé à la victime, sans que nous ayons des précisions sur sa cause et son heure précise.

– Avez-vous eu connaissance d'autres incidents ?

– Non, pas vraiment. Ce qui est sûr, c'est que l'atmosphère était excitée, très fortement éméchée, pour ne pas dire plus.

– Vous êtes passé rapidement sur la personnalité de Marie Boise. Elle qui, dites-vous, n'avait aucune pulsion suicidaire, que faisait-elle dans de telles soirées qui ne rassemblaient pas, c'est le moins qu'on puisse dire et mon client ne me contredira pas, des personnes parfaitement équilibrées ?

– Nous savons qu'elle connaissait les personnages principaux, sans avoir pu préciser la manière exacte dont elle les avait rencontrés. Il y a un certain nombre d'éléments qui nous échappent, je le répète, surtout à cause de la brièveté du temps qui nous est imparti.

– Merci, Commandant.

– J'en ai terminé, madame le Président.

– Nous allons entendre le légiste qui a procédé à l'autopsie de Marie Boise. Approchez, je vous prie, monsieur l'Expert.

Un petit homme s'approche de la barre. Julien Dort. Aussi anodin et effacé dans l'apparence que confronté à la mort et aux tragédies dans la fonction qu'il exerce. Sur un ton simple, la catastrophe se suffisant à elle-même, Dort indique au jury qu'il ne peut dire avec une absolue certitude si la victime a été tuée ou s'est suicidée. Ce qu'il constate, en revanche, c'est que la cause principale de la mort résulte d'un traumatisme crânio-facial avec éviscération partielle du cerveau. C'est la tête qui a touché le sol la première et qui a éclaté, ce qui a entraîné une forte hémorragie interne puis externe. Dans ce cas de figure, la victime est souvent poussée. Son expérience lui permet d'en témoigner mais il n'en tire évidemment aucune conclusion. Il a relevé également un hémo-pneumothorax. La victime est morte sur le coup. Devant cette rigueur scientifique et cette implacable évidence technique, personne n'ose questionner plus avant l'expert. Sur quoi, d'ailleurs ? L'avocat général jubile puisque lui, en tout cas, n'hésite pas à exploiter les remarques de l'expert, plus sans doute que celui-ci ne le voudrait. Mais il faut comprendre l'accusateur : il a besoin d'un crime pour accuser et il est persuadé de l'avoir ! On ne peut lui reprocher ce petit accès de joie professionnelle ! Dort s'en va comme il est venu, discret et tranquille. Sa vie ne se résume pas aux cadavres qu'il découpe. Il est passionné par la musique et le violon. À son départ, la présidente suspend l'audience pour dix minutes.

Le jury est réuni dans la chambre du conseil, avec la présidente et les assesseurs. Les deux jurés supplémentaires sont également présents. C'est un moment que Madeleine Dubois apprécie : celui où chacun est empli de l'audience et éprouve le besoin de communiquer sensations, intuitions et pensées, sans passer par le filtre d'un échange plus organisé, qui viendra lors du délibéré. Elle ne cherche pas le moins du monde à deviner les opinions, mais elle ne s'interdit pas de tirer des enseignements de ce qu'elle entend, curieuse de découvrir quelle incidence ont eue les débats et les chemins étranges ou évidents que leur esprit emprunte. Madeleine Dubois ne parviendra jamais à se défaire de la fascination qu'elle éprouve devant l'humanité.

6

J'ai retrouvé la même escorte. Elle m'a accompagné et attendu quand je suis allé aux toilettes. On s'habitue vite à ces humiliations. On sait qu'on est passé de l'autre côté, que l'énergie dépensée pour sauvegarder sa dignité serait inutile. Je préfère l'attitude contraire, qui accompagne le processus, tente d'apprivoiser l'intolérable pour limiter les désastres. Il me semble qu'il y a plus d'allure dans ce compromis honorable que dans la révolte stérile. Ils sont repartis dans leur discussion de footeux et me laissent heureusement avec ce que vient de dire Leduc. Je l'ai trouvé excellent, le commandant Leduc. Redoutable donc. Avec sa fausse modération, ses hésitations calculées, son honnêteté apparente si bien exposée. Il n'y a pas d'autre choix que le meurtre commis par cet individu. On aurait bien voulu que ce soit autre chose, un suicide ou un meurtre commis par un autre. Le ton désolé avec lequel il veut faire croire qu'il est contraint par la réalité de tenir ces propos ! Il vous met la tête sous l'eau en affirmant qu'il vous sauve. C'est du grand art et pour pousser au bout l'absurde d'un discours où l'innocence était déclarée coupable – le respect hypocrite de la présomption d'innocence ! – avec une feinte objectivité mais une vraie partialité, j'étais tenté d'applaudir à cette démonstration qui faisait de moi quelqu'un que je savais ne pas être. Le témoignage de Leduc avait déclenché en moi des remous qui ne laissaient pas de m'étonner, comme si je devenais moins sûr de mon identité. Pourtant l'audition du commandant avait eu le mérite de me rendre familière l'existence possible d'un véritable criminel. Même si, en définitive, il l'avait récusée. Au fond, enfermé jusqu'à maintenant dans la certitude de mon innocence, préoccupé de la faire admettre avant de savoir que ce serait impossible, je n'avais pas su tourner mon esprit vers les causes de la mort de Marie. Suicide ou crime ? Jamais l'idée ne m'avait effleuré que Marie ait pu se suicider. Je l'avais vue en proie aux doutes, aux tristesses, à l'intelligence sombre dont je n'étais pas loin de penser qu'il s'agissait d'un pléonasme, mais elle avait trop d'énergie, trop d'appétit pour se détruire. Et si j'avais eu tort ? Et si, englué dans ma passion, j'avais manqué Marie, comme on dit qu'on a manqué un rendez-vous ? Mais si c'était un meurtre, qui aurait pu pousser la perversion jusqu'à faire croire à un suicide ou aux conséquences dramatiques d'une altercation dont, bien sûr, j'étais l'un des protagonistes ? Il y avait tout de même un consensus troublant dans ces auditions qui venaient toutes me mettre en cause. Je ne pouvais pas m'empêcher de penser à une machination, à un déroulement subtil et implacable où un individu, à la fois criminel et précautionneux, avait su accomplir le pire et se sauver lui-même. J'arrivais à des portes qu'il était trop tard pour ouvrir. En cherchant bien, j'aurais pu lancer tel ou tel ragot, une calomnie ici, une insinuation là, des accusations qui, se rapportant au monde volatil et déréglé auquel Marie avait appartenu, n'auraient pas été prises à la légère. J'aurais pu, mais je n'ai pas voulu. Je n'offrais à l'institution judiciaire si friande – il suffisait de lire et d'écouter les médias – de scandales prétendus, de malhonnêtetés alléguées et de perversions distillées que la piètre tentative de démonstration de mon innocence. Certes, si j'avais eu l'indécence de dévoiler les noms des célébrités que j'avais fréquentées avec Marie, j'aurais eu un succès fou et peut-être mon sort judiciaire en aurait-il été allégé à proportion même de ma participation à la machine. Tout de même, je suis étonné par quelque chose qui ressemble à de l'espoir et qui vient instiller l'idée que ma vie a encore du sens, et ma défense de l'importance. On m'entraîne. L'audience va reprendre. Si j'ai bien suivi — il me semble que, sans rire, je prends goût à ma propre affaire –, Madeleine Curtet va être entendue maintenant.

7

La présidente est satisfaite de constater que la courte suspension de dix minutes a été respectée et que chacun est à sa place, quand elle revient avec ses collègues et le jury. Elle espère, sans trop y croire, que l'audition du prochain témoin sera courte, afin de ne pas faire perdre le temps gagné par la suppression du témoignage du lieutenant Polin. L'huissier introduit dans la salle d'audience Madeleine Curtet. Son parfum la précède, elle s'approche à pas timides de la barre. D'aucuns pourraient la juger belle, racée, avec les usures du temps soigneusement comblées. On saura qu'elle vient d'atteindre l'âge de soixante ans.

– Madame, vous devez d'abord déposer spontanément sur cette affaire. Nous vous écoutons.

– De quoi voulez-vous que je parle ?

– Vous connaissez l'accusé, vous connaissiez la victime. Le meurtre, selon les termes de l'accusation, a été commis dans votre appartement. À vous, je vous prie, de témoigner sur ce qui vous semble essentiel.

Elle est si gênée que la présidente accepte de lui poser tout de suite des questions. Il lui est déjà arrivé de complaire à des témoins trop timides qui préféraient le confort d'interrogations précises. Mais rien n'aurait dû conduire Madeleine Curtet à cette abstention. Tout, au contraire, pouvait laisser croire à une affirmation forte d'elle-même, et quelle stupéfaction de la voir ainsi réduite à une parole assistée !

– Comment avez-vous connu l'accusé ?

– J'ai connu l'accusé par l'entremise de Marie Boise, qui était son amie. Celle-ci m'avait elle-même été présentée par André Clieu. Je l'ai tout de suite beaucoup appréciée. Elle était charmante, séduisante, ouverte, et je peux dire qu'elle plaisait à tout le monde. L'accusé, si je puis parler librement, ne me faisait pas la même impression. Contracté, jaloux, trop grave, tout le temps aux basques de Marie, il détonnait dans notre univers. Il manquait de grâce, en quelque sorte.

– Comment se fait-il que ces fêtes se déroulaient dans votre appartement, surtout qu'il nous a été indiqué que vous en étiez assez souvent absente ?

– Je vais répondre franchement, madame le Président.

– C'est ce que j'attends de vous.

– Je connais André Clieu depuis quelques années. C'est un acteur qui, alors, n'avait pas sa réputation d'aujourd'hui. Il a mangé de la vache enragée pour réussir et je l'ai aidé. Comme il n'avait pas beaucoup d'argent, qu'il ne disposait pas d'un bel endroit pour recevoir mais que ses relations étaient déjà nombreuses et ses amis de qualité, nous avons pris l'habitude d'organiser des soirées dans mon appartement. Peu à peu, je l'ai laissé faire ce qu'il voulait et il est tout à fait vrai que beaucoup de fêtes n'étaient dues qu'à sa seule initiative et à celle de ses amis, notamment Pierre Brouzy et Marcel Praraud.

– Quels sont vos liens avec monsieur Clieu et avec les deux personnes que vous venez de citer ?

– C'est compliqué. Marcel Praraud et Pierre Brouzy sont des amis. Le premier m'a permis de mieux connaître le milieu politique, et le second, celui des médias. André, c'est autre chose. C'est une passion insatisfaite, mais il faut dire que ses goûts profonds ne concernent pas les femmes. J'en ai pris mon parti et cela a rendu encore plus profonde notre amitié. Nous ferions n'importe quoi l'un pour l'autre.

Ainsi, cette femme, qui avait eu besoin de l'aide du questionnement de la présidente, était capable de répondre sur le fond avec franchise et liberté, même si toute son attitude continuait à être empreinte d'hésitation, de précautions de langage et d'une sorte de fuite et de décalage. Elle avait parlé, tournée vers le sol, sa tête élégante obstinément attachée à fixer le vide ou, à la rigueur, un point dont elle seule semblait apprécier le caractère capital.

– Madame le Président, j'ai une question à poser.

C'était une jurée, Françoise, qui demeurait assez souvent silencieuse dans la chambre du conseil mais dont les rares propos avaient paru à la présidente pleins de finesse.

– Je vous en prie, allez-y.

– Étiez-vous au courant de tout ce qui se passait dans votre appartement, alcool, drogue et sexe ?

– Jamais de la vie. Certes, je me doutais bien que le milieu de la télé, les amis de Brouzy n'étaient pas de tout repos, mais j'étais rassurée par la présence de Marcel Praraud et d'André. Peut-être aurais-je dû, je l'admets, davantage contrôler tout cela, mais je n'ai jamais eu un tempérament de garde-chiourme, je faisais confiance.

– Apparemment, vous avez eu tort. (La présidente reprenait la main.)

– Monsieur l'Avocat général ?

– Merci, madame le Président. Le témoin sait-il exactement ce qui est reproché à l'accusé ?

– Je crois qu'on lui reproche un meurtre : d'avoir poussé Marie Boise dans le vide.

– En effet. Vous qui connaissez l'accusé, êtes-vous étonnée de le voir ici ?

– Certes, je n'aurais jamais imaginé qu'il puisse commettre un meurtre. Surtout chez moi. Mais j'ai dit tout à l'heure ce que je pensais de son caractère et de sa personnalité. Ils ne rendent pas son acte totalement incompréhensible.

– Je vous remercie, madame.

Avec son silence et son air continuellement rogue – une sorte de boxer en robe rouge –, on avait presque fini par l'oublier, l'avocat général. Étrangement, on était content de le voir ressortir de son néant morose.

– La défense ?

– Je n'ai pas de question, madame le Président.

Après que son avocat a décliné l'offre, l'accusé se lève.

– Madame Curtet, j'ai entendu la piètre opinion que vous aviez de moi. Pourtant, lorsque nous nous rencontrions, j'avais toujours l'impression, à voir et à subir vos démonstrations, que nous étions les meilleurs amis du monde. Vous mentiez hier ou vous mentez aujourd'hui ?

– En société, on ne dit pas toujours ce que l'on pense, monsieur.

Puis elle se retire, à l'invitation de la présidente.

8

La garce ! Je ne m'attendais pas à une bonne surprise de la part de cette vieille peau mais tout de même ! Le comble, c'est que, en dehors des vacheries sur moi, elle a dit la vérité, et même avec un certain cran en ce qui concerne Clieu. Avouer que cela fait des années qu'elle se trouve en rade, c'est courageux ! Cela ne suffit pas pour que je lui pardonne. La saloperie intelligente, c'est dévastateur. L'ayant vue ainsi, ne fixant personne dans les yeux, gênée aux entournures, tordue, décalée et fuyante, j'ai, par association de malaises, vu réapparaître ma vie conjugale, avec le père de Delphine qui était incapable de me regarder dans les yeux, même quand je lui parlais ! J'en avais fait des scènes à Delphine là-dessus, comme si elle était responsable de la grossièreté de son père ! J'étais encore plus exaspéré quand il répondait à sa fille après une question que je lui avais posée, moi. Certes, elle était sa fille unique, mais sa mère connaissait la politesse, le père pouvait aussi en faire usage. Je me sentais exclu par ce regard qui me fuyait et qui s'attachait obstinément à quelqu'un d'autre. Avant la parole, c'est le regard qui crée le lien. Combien de repas, qui auraient été sans cela ni pires ni meilleurs que beaucoup d'autres, ont été des calvaires pour moi parce que rejeté par le regard, exclu par l'anecdote. Tout cela est loin, bien sûr, mais m'échauffe encore comme si c'était à peine passé. Ce n'est pas la première fois que ma subjectivité abolit les frontières du temps et souffre d'avant-hier comme si c'était hier et d'hier comme si c'était aujourd'hui. Le temps n'a jamais été pour moi un brise-larmes.

9

Pierre Brouzy est le dernier témoin de la matinée. Alors que la présidente sent la fatigue la gagner et les facultés d'attention des jurés s'amoindrir, on ne peut rêver audition plus roborative. En quelques secondes, on apprend que Brouzy est présentateur sur une chaîne à succès, qu'il va bientôt animer une émission en première partie de soirée – il dit en *prime-time* – et que, dans les sondages, il est le chouchou des téléspectateurs. Tout cela est débité sur un ton tonitruant et satisfait qui n'appelle aucune contradiction. Habillé comme un gandin, avec des couleurs criardes comme si un cirque était venu se marier au judiciaire, il se pavane, persuadé qu'on n'attend que sa parole pour tout comprendre. Certain que la représentation va lui être consacrée, il se délecte par avance des questions qu'on lui posera et dont il ne fera qu'une bouchée ; il est ravi de la curiosité admirative qu'il croit déceler dans les yeux des jurés féminins ; plein de lui-même, à son corps défendant, il donne une parfaite image du vide médiatique. L'écoutant, la présidente lui trouve un air de ressemblance avec l'expert Belay. Elle préfère ne pas se tourner vers Juliette, de peur d'être entraînée dans un rire de connivence qui ferait mauvais effet. Elle se demande si le témoin va faire durer longtemps son discours de pure gloriole. En tout cas, pour l'instant, il est impossible d'en arrêter le cours.

– … ma future émission de télévision. J'ai rencontré encore hier le président de la chaîne qui m'a assuré de sa confiance. Je suis en train de constituer mon équipe, je cherche les meilleurs. Alors, vous comprenez, tout ce que vous me demandez est loin de mon esprit. J'allais dans ces soirées, j'y étais souvent invité par Madeleine Curtet, cette chère Madeleine, et par Clieu qui avait besoin de moi, je le savais parfaitement. Compte tenu de ma position, je suis forcément très sollicité. Un mot de moi dans le journal télévisé, et une réputation est faite… ou défaite. J'ai pris l'habitude d'être très courtisé, mais attention, sur moi aucune pression n'a d'effet, je suis absolument incorruptible. Ces soirées étaient délicieuses. Tellement de jolies filles, de belles femmes. On buvait, on fumait, on parlait, tout le monde était heureux. Sauf lui. Pauvre Marie. Je ne comprends pas ce qu'elle pouvait bien lui trouver, il manquait totalement de classe. Si j'avais su, je serais intervenu. Marie avait un faible pour moi mais je ne pouvais pas prévoir. Mon émission de télévision, en janvier prochain…

– Tout cela est passionnant, monsieur Brouzy, mais restons-en, si vous le voulez bien, à notre sujet.

La présidente perd patience et juge nécessaire d'interrompre des propos qui allaient à nouveau tourner en un éloge appuyé du témoin par lui-même. Des jurés bâillent ostensiblement, à cause de la fringale sans doute. Madeleine Dubois formule une question qui, elle l'espère sans y croire, va inciter Brouzy à plus de concision.

– Dans ces soirées, avez-vous aussi rencontré monsieur Praraud ?

– Bien sûr. Lui aussi a eu besoin de moi. Vous savez qu'il est le leader centriste et que d'aucuns lui prêtent un grand avenir, ministre, peut-être même Premier ministre. Je le connais depuis longtemps. C'est un ami.

– Mais enfin, que faisaient ensemble tous ces gens qui n'avaient rien de commun et qui buvaient, se droguaient et partouzaient ?

– Pas si vite, madame le Président. Ce n'était tout de même pas Sodome et Gomorrhe ! Vous savez, fumer aujourd'hui, tout le monde le fait. C'est banal.

– Et la cocaïne ?

– Qu'est-ce que vous voulez ? Nous sommes des artistes.

– La police n'est jamais intervenue ?

– Avec les personnes qui étaient présentes et les relations de Madeleine Curtet ! Elle et Praraud avaient le ministre de l'Intérieur dans leur manche. Moi je n'ai rien à voir dans tout cela. L'accusé, ce n'est pas moi. Je suis venu parce qu'on me l'a demandé.

– Je sais bien que l'accusé, ce n'est pas vous. Justement, qu'avez-vous à nous dire sur les faits ?

– L'accusé était détestable avec Marie. Je les ai vus se disputer à plusieurs reprises. Il était jaloux pour des riens.

– La nuit en question, vous les avez entendus se disputer ?

– Je ne les suivais pas à la trace. On m'a parlé d'une altercation qui les aurait opposés sur la terrasse.

– Vous connaissiez bien Marie. Avez-vous remarqué chez elle un penchant au suicide ? Avez-vous jamais été inquiet pour elle à ce sujet ?

– Jamais de la vie. C'était le contraire d'une suicidaire. L'accusé l'étouffait, mais elle n'était pas une fille à se laisser faire. D'où les disputes.

– Des hommes lui tournaient-ils autour ? Avait-elle d'autres amoureux ?

– Pas vraiment, mais comme elle avait beaucoup de charme et qu'elle ne détestait pas plaire, je ne peux pas exclure que tel ou tel ait pu se laisser prendre au jeu.

– Qui, par exemple ?

– Je ne sais vraiment pas. Voulez-vous me faire dire que quelqu'un d'autre aurait pu la jeter dans le vide ?

– Je ne veux rien vous faire dire. Merci, monsieur. Pour ma part, j'en ai terminé.

Pour une fois, Bernard, l'autre assesseur, manifeste le désir d'intervenir.

– Vous saviez que vous violiez la loi en vous droguant. Pourquoi l'avez-vous fait ?

– Je répète que je ne suis pas l'accusé. C'est devenu tellement banal que ça ne me posait aucun problème. Et puis, dans mon milieu, c'est tellement bien porté ! Si je peux me permettre, c'est celui qui ne se drogue pas qui est montré du doigt.

Bernard est furieux, mais heureusement, le dialogue s'arrête là. Le jury n'en peut plus et l'avocat général s'impatiente au point de se contenter d'un geste de dénégation quand la présidente lui propose de prendre la parole. Maître Gras, auquel son client a glissé un mot lors de la déclaration ridicule de Brouzy, demande à celui-ci, en espérant le faire sortir de ses gonds :

– Vous-même, vous n'avez jamais eu la moindre visée amoureuse sur Marie ? Pour compléter ma question, je n'arrive pas à comprendre, en dépit de vos explications, ce qu'un homme aussi connu que vous allait faire dans ces réunions qu'on peut sans abus de langage qualifier de douteuses.

Brouzy ne devine pas la volonté de provocation et s'échauffe dans la seconde.

– Votre client y participait bien, lui.

– Laissez-moi m'occuper de mon client et répondez, je vous prie, à la question.

– J'ai déjà dit que je connaissais Clieu et Praraud et que ma notoriété…

– J'ai saisi, si vous n'avez rien à dire de plus.

Brouzy, blessé en plein vol vaniteux, ouvre la bouche comme pour chercher de l'air puis se tait, prenant l'air outragé qui convient. La présidente, qui se reproche de prendre plaisir à sa déconvenue, l'invite à se retirer. Ce qu'il fait, avec l'expression d'un lourd contentieux.

– L'audience est suspendue, elle reprendra à quinze heures.

La présidente aurait voulu réduire la pause à une heure, mais il lui a semblé plus convenable de fixer une durée d'une heure et demie.

Cela s'est fait naturellement. Guillaume et Pauline, dans le couloir menant vers la sortie du Palais de Justice, marchent côte à côte et décident de déjeuner ensemble. Raymond est attendu par son épouse devant le Palais et la présidente lui a vivement recommandé la plus extrême ponctualité. Françoise – quatrième jurée – espère qu'elle pourra profiter de sa solitude pour vite avaler quelque chose et se rendre ensuite dans une ou deux librairies. Elle est passionnée par les livres, non pas par les belles reliures mais par le contenu excitant des histoires et le dépaysement fabuleux qu'opère la littérature. Manque de chance, elle est rejointe par Anne, troisième jurée, Roger et Philippe, cinquième et septième jurés, et, le comble, par Nathalie, qui est jurée supplémentaire et qui ne cesse pas de s'en plaindre, comme si les autres en étaient responsables. Ses récriminations sont lassantes. Mathilde, sixième jurée, et Lionel, le neuvième, déambulant au hasard, se croisent et se disent qu'ils pourraient déjeuner ensemble. Dans le petit restaurant où ils s'installent, ils voient Farida, l'autre jurée supplémentaire, et le repas va les réunir. En tous ces lieux où le jury, éclaté en quatre groupes, va s'abandonner à une convivialité reposante, des histoires vont se raconter et des complicités se nouer, qui apparemment n'auront aucun lien avec le procès, mais qui, en réalité, n'évoqueront que lui, dans une alchimie secrète où, derrière l'ordinaire de la vie, le crime à juger sera inscrit dans chaque parole.

10

Et c'est reparti pour une interminable suspension. Tout me semble triste et sans fin. Je connaissais le cynisme et la médiocrité de ce monde-là qui, derrière ses facettes et son strass, cache la volonté inébranlable de se retrouver entre soi, excluant subtilement ou grossièrement tous les trouble-fête. Cet univers me semblait alors pétri de grâce, non de cette grâce superficielle qui tient à une heureuse distribution de la nature, mais d'une élégance si intériorisée qu'elle était aussi évidente que l'eau et l'air. Chaque geste, chaque attitude, l'expression des visages, la démarche, l'art de la politesse, une aisance infinie et sans aspérité, tout était imprégné par cette certitude d'être du côté des élus, de l'argent, des privilèges, de la distinction. Dans ce mélange de vraie cruauté et d'indépassable hypocrisie, j'étais comme un caillou dans la chaussure, une personne qui n'avait même pas le droit d'arracher sa place puisque, de toute éternité, elle m'avait été attribuée dans un autre coin de l'univers. Je n'avais décidément rien à faire dans leur paradis social. J'étais, d'une certaine manière, protégé par Marie, dans le sillage de cette beauté et de cette allure qui ouvraient toutes les portes. J'aurais dû cacher ces disputes qui ne faisaient que confirmer, à leurs yeux, ma rusticité d'essence et qui leur permettaient de m'adresser le reproche fondamental, le grief sans pareil, celui pour lequel il n'existait pas de pardon : la jalousie. Pensez donc, j'étais jaloux de ces médiocres qui gravitaient autour de ce bel être ! Je ne supportais pas, c'est vrai, cette danse autour d'elle, le désir qui se lovait au sein des convivialités ou des tendresses apparemment les plus innocentes ; j'étais fou de voir mon amour, mon trésor, ma chance, mon avenir s'abandonner à cette comédie où tout s'avançait masqué.

Sans doute étais-je la proie d'une névrose qui me conduisait, à tout coup, à imaginer le pire et même à souhaiter être empli de l'étrange paix qui suit une catastrophe obscurément désirée. J'avais offert mille occasions aux rumeurs et aux ragots de pouvoir se développer sur le plan judiciaire. Quelle aubaine que ces altercations et quelle bénédiction que ces empoignades, souvent violentes à cause de mon ton que je dominais mal, tant passion, conviction, indignation et sentiment d'injustice le chargeaient d'une intensité peu compatible avec la bienséance publique ! Comme un Brouzy y avait trouvé l'occasion de distiller son venin ! Ce type, je n'avais jamais pu le supporter. Il représentait la quintessence de ce que j'avais toujours exécré dans les médias, l'arrogance, la futilité, la superficialité et, comment dire, l'absence d'introspection. Il était choquant de voir des gens investis abusivement d'un tel pouvoir être si peu conscients de leur responsabilité. Brouzy paradait comme un paon devant les femmes, attirées par sa bêtise clinquante et qui s'esclaffaient à la moindre de ses œillades, au moindre de ses propos. J'étais jaloux de ce minable, je n'aurais pas dû. J'étais effaré par le fait qu'un imbécile aussi caricatural trouve facilement un public, comme si la célébrité décervelait ceux qui l'approchaient et faisait bénéficier de son lustre n'importe qui, de manière totalement erratique, sans tenir compte de la valeur, de l'intelligence et des mérites. J'éprouvais plus qu'un pincement au cœur lorsque je voyais Marie entreprise par ce type-là, j'étais franchement exaspéré lorsque je la voyais se laisser prendre à la lourde séduction mécanique de ce bellâtre des écrans. Il s'est bien vengé et je ne doute pas que la répétition lancinante des approximations à mon sujet finisse par servir la cause de l'avocat général, qui s'ennuie toujours autant. Je serais presque tenté de lui dire que, mon Dieu, s'il voulait s'absenter, personne ne songerait à lui en faire grief, en tout cas pas moi !

Pourtant, à bien y regarder, l'accusation n'a pas grand-chose à se mettre sous le glaive. Aucune certitude, l'existence de disputes que je n'ai jamais contestées, Marie qui n'aurait pas suscité chez quelqu'un d'autre une inimitié telle qu'elle conduise au crime… Dans un système équitable, que pèseraient donc ces éléments, ajoutés à mes protestations d'innocence constantes et réitérées ? Cette interrogation de pure forme me donne le cafard. Je suis frappé par la constance des allégations et des soupçons qui veulent instiller une certitude dans le crâne du jury, celle de ma culpabilité, et de ma jalousie qui expliquerait tout. C'est la première fois que je prends conscience du caractère inéluctable de ce qui est manigancé contre moi. C'est vague, diffus, je ne suis pas atteint par un sentiment maladif de persécution, je ne me donne pas un rôle trop important, je ne me pose pas comme un personnage à supprimer, mais, avec une intuition subite, j'ai peur. Pour ces gens-là, c'est déjà trop, un procès. De l'enthousiasme, une spontanéité, de la sincérité constituent moins les attributs d'un caractère, pour eux, que la marque d'une impolitesse dérangeante. Alors, un procès, avec ce qu'il entraîne, la publicité, les témoignages, les journaux et leurs articles tendancieux, le projecteur braqué sur la cour d'assises, tout cela est lamentable, déplorable, je les entends déjà ! Je suis en train de battre la campagne, mais je m'aperçois que le portrait si sombre dessiné de moi laisse des traces. Cette gravité constante, qui avait une sainte horreur des rires mécaniques, de ceux qui s'abandonnaient seulement à un mouvement général, pour faire jeune et gai, n'était-ce pas de la pose ou, pire, un début de folie qui me faisait percevoir la vraie vie là où elle n'était pas et ne plus supporter autrui, tout simplement parce qu'il gênait mon rêve de solitude à deux ?

Mon avocat vient me retrouver. Comme convenu, il m'apporte les journaux du matin et – surprise ! – il a même *Le Monde*. Il me propose avec délicatesse une salade composée, qui a l'air appétissante dans sa boîte en plastique. Même si j'ai déjà mangé, pour ne pas le désobliger je ne fais pas la fine bouche, j'ouvre et je grignote. Il est content. Ce que j'avais perçu au matin se poursuit. De la franche antipathie, je suis passé à une réserve presque affable, pour me sentir, maintenant, dans un climat de confiance. Je le regarde et je l'écoute autrement. Cela ne vient pas que de moi. Il me semble qu'il a accompli une partie du chemin, qu'il a pris la mesure de ma personnalité et mieux épousé mon rythme. J'ouvre *Libération* à la rubrique judiciaire, au moins deux pages lui sont consacrées. La journaliste qui suit le procès se nomme Brigitte Moignard. Son article nous donne beaucoup de détails sur elle-même, elle trouve que l'avocat général a l'air torve et que la présidente est un peu mièvre. Elle n'aime pas du tout mon avocat qui est absent, paraît-il, et elle termine en écrivant que ma défense tombe trop dans la sentimentalité. Elle forme le vœu, dans sa toute dernière phrase, que les débats du lendemain mettent en lumière les responsabilités politiques manifestes dans cette affaire. Le lecteur qui, innocemment, se serait attendu à une relation fidèle et précise de la première journée du procès en serait pour ses frais. Brigitte Moignard nous parle d'elle-même au prétexte du compte rendu et, à l'évidence, le sujet la passionne. Je parcours rapidement *Le Figaro* qui, dans sa neutralité, ne donne pas une image fausse de l'audience d'hier. Ce pourrait être plus profond et plus enlevé. Qu'ai-je, d'ailleurs, à me poser en critique, alors que je suis tout bêtement l'accusé ? Mais quel régal de lire, dans *Le Monde*, le texte de l'inimitable Dupont-Bérard ! Tout est dit de la première journée et j'ai l'impression qu'il a perçu, à la fois, l'histoire passionnelle et le caractère bancal de l'accusation formulée à mon encontre. Il fait bien apparaître l'hiatus entre la faiblesse des preuves et les prétendues charges ramassées dans les ragots et les rumeurs, tirées de ma personnalité singulière et extrême. En même temps, je le sens hésiter à mon sujet, à la fois intéressé et méfiant. Il se garde bien d'affirmer un quelconque point de vue qui le ferait sortir de son rôle. On sent qu'il résiste aisément à la tentation d'être juge, contrairement à Moignard qui y succombe avec volupté. Son article me donne un peu d'espoir. Si lui a été capable de mettre en évidence les doutes qui venaient affecter l'accusation, je suppose que sa perception ne doit pas être unique et que des jurés se retrouveront dans les mêmes dispositions.

Je communique mon sentiment à Olivier Gras et je suis heureux de voir comme il le partage, persuadé, lui aussi, que c'est bon pour nous. Je m'étais souvent moqué, lors des procès auxquels j'avais assisté en curieux passionné, de ces conseils qui disaient « nous » alors que leur client affrontait seul l'audience. Aujourd'hui, ce « nous » m'a fait du bien. Sans Gras, mon dénuement serait total, je suis réchauffé par sa présence, c'est un soutien, une parole, une écoute qui ne me jugent pas puisque je le serai demain. Cela rend dérisoires les débats sur l'honnêteté et la crédibilité de l'avocat, sur sa bonne ou mauvaise foi, sur son attitude devant le client qui se prétend innocent alors que son défenseur le sait coupable. Tout cela, maintenant, n'a plus aucun sens, relève des conversations d'avant, où on a le temps, où le pour et le contre ont de la valeur, de l'utilité. Maintenant, la réalité, l'urgence, c'est mon avocat, dont le visage de plus en plus souriant et optimiste me donne de la force. Au passage, il me glisse que le Palais de Justice aura un visiteur de marque cet après-midi, le ministre de la Justice lui-même, François Boyer, qui a décidé de quitter le somptuaire et l'inefficace de la Chancellerie pour jeter un coup d'œil sur le lieu où se font et se défont, dans les salles d'audience, dans les cabinets des juges et les bureaux des greffiers, les destinées humaines. Je ne sais pas s'il passera à la cour d'assises. S'il vient, il verra un innocent ! Olivier Gras regarde sa montre, s'excuse de devoir partir car il n'a pas déjeuné et va prendre une collation rapide à la buvette des avocats. Je me retrouve en la seule compagnie de mes gardes qui sont habitués à moi et voudraient bien me parler, mais je ne suis pas partant pour discuter de foot et je n'ai pas l'intention de leur révéler le fond de ma pensée sur l'affaire qui, demain, aura sa conclusion. Non pas que je les méprise, mais à quoi cela servirait-il que je leur répète, comme une antienne, ma protestation d'innocence ? Eux-mêmes, et ces murs, ont dû en entendre, des mensonges, des désespoirs, des détresses et des résolutions, des regrets, des remords et des promesses ! Je ne vais pas ajouter mon mot à cette interminable plainte humaine. D'ailleurs, il est presque l'heure

11

Ils reviennent tous, en effet, jurés et magistrats. Madeleine a encore déjeuné avec ses assesseurs. Décidément, elle n'a aucun atome crochu avec Bernard et apprécie de plus en plus Juliette. Elle espère que celle-ci, demain, lors du délibéré, sera le pilier, le bon sens, l'intelligence sur lesquels elle pourra s'appuyer pour que des messages passent, qu'elle ne pourrait pas s'autoriser elle-même à cause de la réserve qui s'attache naturellement à sa fonction. Non pas des informations partiales, mais les données, les règles, les principes techniques qui permettront à la discussion collective d'être riche et approfondie. Juliette, c'est sûr, pourra être sa parole. Si seulement Bernard, demain, pouvait percevoir les mérites de l'abstention, elle en serait ravie. Madeleine, avec gentillesse, félicite Raymond qui vient d'arriver, ponctuel enfin. Il rougit, intimidé, aussi fier que si elle l'avait serré dans ses bras. Guillaume et Pauline, lors de leur repas, ont peu parlé, à leur grand étonnement, mais il n'a pas été raté pour autant. Ils croyaient avoir tant de choses à se dire, mais ils ont choisi de demeurer dans un silence peu troublé qui convenait mieux à leur psychologie du moment et à l'irrésistible avancée non pas du désir mais, ce qui était déjà délicieux de son éventualité, alors que tout, à l'origine, les situait dans des contrées étrangères. Françoise les rejoint avec ses compagnons, Anne, Philippe, Roger et Nathalie. Ç'a été l'enfer parce que Nathalie ne décolérait pas : « Vous comprenez, je suis seulement supplémentaire, jurée supplémentaire et demain, tintin pour le délibéré ! » Lionel, Mathilde et Farida ont passé un bon moment ensemble. La dernière a raconté aux deux autres sa vie à Paris avec sa famille d'origine algérienne, l'éducation qu'elle a reçue et l'acharnement qu'elle a mis pour se faire traiter sur un pied d'égalité avec ses frères. Apparemment avec succès, car Lionel et Mathilde lui ont trouvé une sacrée personnalité. Pile à l'heure. La présidente se réjouit de l'après-midi qui vient. C'est comme un livre dont elle feuillette les pages et qui devient de plus en plus passionnant en approchant de son terme. C'est exactement cela, un procès exemplaire.

Les journalistes sont encore plus nombreux que ce matin. C'est l'audition de Praraud qui les attire comme des mouches. Il y a une atmosphère de mise à mort attendue et désirée au fond de tout procès d'assises. L'abolition de la vraie, de la terrible peine de mort n'a pas fait disparaître cet étrange climat où on espère vulgairement qu'un être va se déliter sous les questions et les regards, sous le poids, parfois, de sa honte, écouté et moqué par un public friand de désastres. Praraud, homme politique du juste milieu, de la morale et de la religion affichées ostensiblement, va déboucher dans une enceinte secrètement hostile, en dépit de l'équité apparente des débats. Cette ambiance mortifère trouve son point culminant lorsque l'accusé entre pour la première fois dans le box, menotté et gardé. À cet instant, il est observé, fixé et soupesé comme le taureau qui pénètre dans l'arène, et dont on sait la mort inéluctable. Derrière le beau et nécessaire rituel de l'État de droit, il en est un autre, souterrain, qui suit son chemin tragique et fascinant : c'est cette pulsion collective qui pousse à la destruction d'un accusé que la justice accueille pourtant avec la volonté de le faire bénéficier de tous les droits qui lui sont dus. La cour est annoncée d'une voix qui se doit d'être tonitruante, la présidente pénètre dans la salle, suivie, dans l'ordre, par les assesseurs – il faut tout de même que la magistrature domine quelque part, même si c'est dans le formel ! – et l'ensemble du jury. Les jurés ont perdu leur air intimidé et hésitant du début ; maintenant, ils se comportent presque en habitués, allant directement à leur siège, à la fois légers et graves.

– Monsieur l'Huissier, les témoins prévus pour cet après-midi sont-ils présents ?

– Les témoins Clieu et Clotilde Boise sont présents, madame le Président. Monsieur le juge Burgroie viendra comme prévu à dix-huit heures, en vertu de votre pouvoir discrétionnaire. En revanche, monsieur Praraud fait défaut pour l'instant.

– S'est-il excusé pour ce retard ? A-t-il fait prévenir quelqu'un au greffe ?

– Pas à ma connaissance, madame le Président.

– Vous allez inviter les fonctionnaires de police attachés à notre cour à prendre contact avec monsieur Praraud. Il devra se présenter cet après-midi à dix-sept heures ou, si le délai est trop court, demain à neuf heures trente. Qu'il soit rendu attentif au fait qu'une nouvelle dérobade de sa part entraînera délivrance d'un mandat.

– Bien, madame le Président.

– Dans l'immédiat, nous allons entendre monsieur Clieu.

André Clieu, présent depuis treize heures cinquante-cinq, en a vraiment assez. Il est tout seul dans la salle des témoins puisque Clotilde Boise a été avisée d'avoir à comparaître à seize heures. Ce n'est pas évident de demeurer ainsi, dans un endroit sordide – même le garde en a convenu – en répétant sans cesse l'audition à venir et en imaginant les questions qui seront posées, avec la certitude angoissante d'omettre les plus délicates. Clieu, heureusement, n'a jamais manqué d'un sens de l'humour qui lui permet, au comble de l'énervement, de garder la mesure de l'événement et de dominer une irritation qu'il jugerait malséante. Ce qui l'aide beaucoup, c'est le souvenir de ces interminables attentes professionnelles, assis sur un siège de toile, pas loin de s'endormir, en tout cas de mourir d'ennui, s'abandonnant au bon vouloir d'un réalisateur pour lequel, parfois, il ne nourrissait pas une admiration éperdue. Lorsque son tour venait de dire son texte, il était engourdi, accablé par ces longues suspensions et avait du mal à donner le meilleur de lui-même, quand la médiocrité du langage qui lui était prêté ne l'effrayait pas ! Même dans ces moments où, pris par la passion du jeu et de la comédie, il aurait dû se vouloir concentré sur l'essentiel qui était la scène à interpréter et le texte à dire, il s'évadait dans une manière d'ironie qui avait le mérite de ne jamais lui faire prendre des vessies pour des lanternes et des cinéastes de petite envergure pour d'indiscutables créateurs.

Au fil de sa carrière, passant de petites salles de théâtre dans des pièces confidentielles à des films comiques où il avait honte d'intervenir mais qui lui assuraient plus d'aisance financière, enfin à des œuvres qui mêlaient la qualité artistique et l'approbation populaire, il en avait vu et subi de ces metteurs en scène de bas étage, aussi obscurs qu'ils étaient vaniteux, croyant savoir tout faire, écrire et réaliser en même temps, se prenant pour Bergman ou Ford et furieux de la moindre critique ! Il se reprochait d'avoir cédé, ici ou là, sur le tard, à une forme de snobisme bien française qui imposait, pour être consacré artiste véritable, des prestations hermétiques dans des spectacles incohérents. Il fallait en passer par là, et il l'avait fait ! Il se rappelait avec tendresse ses débuts où, au moins, l'enthousiasme faisait oublier l'amateurisme, où l'avenir éclatait devant lui comme une belle fleur rouge. Il se souvenait des séquences fondamentales qui avaient scandé son ascension et elles étaient encore intensément gravées dans sa tête et son corps. C'était, en effet, presque une jouissance physique que cette inscription réussie de son ambition dans le cours du temps, avec la jalousie, l'envie, l'estime et l'admiration à son égard qui s'amplifiaient à proportion, de la part des uns et des autres. Pour fuir la vulgarité du cinéma – moins l'art lui-même évidemment que le monde qui le parasitait et se l'appropriait –, il avait pris le parti de rejoindre le théâtre et son élégance, car il lui avait toujours semblé qu'aussi vaudevillesque qu'il pût être, il était miraculeusement sauvé par l'importance donnée aux mots, dérisoires, légers, graves ou profonds, mais aux mots. Ce retour aux sources l'avait déçu. La magie avait disparu sous l'importance des moyens, ou peut-être était-ce lui qui avait vieilli, de moins en moins dupe, de plus en plus compétent, comédien sans la flamme, acteur sans le défi ? Devenu une institution, il était obligé de s'avouer qu'il avait mal tourné, qu'il s'était dégradé en fonctionnaire, en bureaucrate du jeu. Il est vrai – et cela expliquait sans doute son évolution vers la tiédeur et une conception plus mécanique de son métier – qu'il avait toujours trouvé ridicules les phrases de combat qui tendaient à faire croire qu'on risquait sa vie en la gagnant largement, dans une exploitation rentable de l'imaginaire et du simulacre. Le comble, c'était, il y a longtemps, cet organisateur du festival de Cannes qui avait justifié le choix du président du jury en proclamant pompeusement que celui-ci avait l'habitude de « se mettre en danger ». Il était fasciné par ce vocabulaire d'autant plus guerrier que l'activité était tranquille, d'autant plus belliqueux que le confort était garanti. À plusieurs reprises, Clieu n'avait pu retenir ses sarcasmes, proférés il est vrai avec toute l'ironie d'un homme bien élevé. Sa carrière n'avait pas réellement pâti de cette franchise, mais lui-même avait augmenté le nombre et la pugnacité de ses ennemis. Force était d'admettre, aussi, que sa vie intime l'avait tellement envahi, avec ses problèmes, ses doutes, ses bonheurs fugaces, ses tristesses sans fond et son ambiguïté, que la comédie était passée au second plan. Clieu avait mis du temps à s'accepter dans sa dualité, ne répondant pas, certes, aux avances persévérantes de la chère Madeleine Curtet, mais ne dédaignant pas celles d'autres femmes, profitant de sa réputation d'hétérosexuel pour s'abandonner, avec retenue d'abord puis de plus en plus librement, à son amour des hommes. Dualité qui, aujourd'hui, était chuchotée, murmurée, susurrée. Peu lui importait. Les bruits, autour de lui, ne lui apprenaient plus rien sur lui-même : il s'était découvert et appris. C'est dire que Clieu était complexe, sincère, franc et honnête. C'est dire qu'il était intelligent. Il avait donc peur, un trac plus fort que tous ses tracs de salles noires, lorsqu'on est venu le chercher, enfin, pour sa déposition.

– Monsieur Clieu, nous vous écoutons. Qu'avez-vous à nous dire sur les faits qui sont reprochés à l'accusé ?

– Madame le Président, c'est une longue histoire. Je ne peux pas vous dire grand-chose sur la mort de Marie Boise, que j'aimais beaucoup. Je n'ai pas été le témoin, au cours de cette nuit, d'un élément, même dérisoire, qui aurait pu vous éclairer. Enfin, il me semble. La longue histoire, c'est celle qui m'a mis en relation avec Madeleine Curtet et qui m'a fait rencontrer Brouzy et Praraud qui sont devenus, à force, des amis, même si j'ai plus d'affinités avec le second qu'avec le premier. Cela peut paraître étrange, ces soirées répétées où, il faut bien le reconnaître, nous tombions souvent dans l'excès. Pour ma part, j'ai toujours eu la chance, moins par morale que par répugnance physique, d'échapper à l'alcool, à la drogue et au sexe, du moins dans ces conditions de très faible discrétion… Pour vous faire bien comprendre ce qui nous a réunis les uns et les autres, il convient que je vous parle un peu plus en détail de Madeleine Curtet, que vous avez entendue ce matin, je crois. Je ne sais plus quand exactement j'ai fait sa connaissance, c'était à mes débuts de comédien, il y a à peu près vingt ans, elle était une très belle jeune fille qui a eu un faible pour moi. Je ne sais pas pourquoi, ou peut-être aujourd'hui je le sais trop bien, je n'ai jamais répondu à ses attentes directes, renouvelées, et dont elle s'est lassée il y a peu de temps. Même si ce n'est pas vraiment le sujet de l'audience, il faut que j'explique ce qui, si j'ose dire, ne s'est pas passé. Madeleine, pendant que je progressais péniblement dans le métier, connaissait une formidable évolution sociale, introduite dans le Tout-Paris, un mari riche, une multitude de réceptions, on la voyait dans tous les magazines spécialisés, photographiée aux côtés des vedettes. Bref, une femme qui comptait dans le monde. Elle ne m'a jamais oublié, elle ne m'a jamais laissé au bord du chemin, elle a mis du temps pour perdre ses illusions d'amoureuse mais elle a été, elle est une amie formidable. Au fur et à mesure que je devenais un acteur à la notoriété grandissante, loin de s'en formaliser et de me reprocher encore plus mes refus et ce qu'elle apprenait de mes liaisons, elle était fière de mon parcours et m'aidait, avec ses moyens considérables, à augmenter le cercle de mes relations et mes chances artistiques. C'est comme cela que, grâce à elle, je me suis trouvé projeté au sein d'un univers qui ne me plaisait pas forcément mais qui mélangeait parasites et relations utiles. J'ai conscience d'avoir abusé de la générosité de Madeleine mais, pour ma défense, je peux affirmer que, de ma part, elle désirait l'abus et l'excès. De ma part, seulement. Je reconnais que, de fil en aiguille, j'ai laissé dégénérer ces soirées, je n'étais pas le seul responsable mais celui qui avait la confiance de Madeleine et auquel elle prêtait le plus volontiers son appartement. Peu à peu, elle s'est sentie dépassée par un processus qu'elle ne serait plus parvenue à maîtriser, même l'aurait-elle absolument voulu. Elle nous a laissés faire et son capital de sympathie sociale, son réseau d'influences, sa capacité d'intervention nous ont été, à l'évidence, fort utiles. Jamais la police ne se serait permis de venir mettre son nez dans ce lieu. C'est scandaleux mais c'est comme ça. Cet endroit et ce qui s'y déroulait représentaient une sorte d'extra-territorialité festive et ludique. On était assuré de pouvoir tout y faire sans risquer d'être inquiété, sans que quoi que ce soit puisse être connu à l'extérieur, enfin je veux dire de manière déplaisante. Ce système n'a pas trop mal fonctionné puisque même *Le Canard enchaîné*, qui, certes, ne s'occupe pas de la vie privée des gens et de leurs galipettes, n'a jamais écrit un mot sur lui. C'était quelque chose de formidable et de reposant pour ces personnalités de se retrouver en sûreté et de pouvoir s'abandonner à des vices ou, pour être plus neutre, à des comportements qu'un secret mal préservé aurait rendus catastrophiques pour leur position politique, sociale ou médiatique. Comment ces rencontres ont-elles pris ce tour ? Je n'en sais trop rien, ou peut-être par le syndrome du mouton de Panurge ou de la provocation snob, qui font que, devant une transgression, les volontés faibles et les caractères mal trempés s'aplatissent et l'adoptent pour faire chic et s'inscrire, comme on dit trop souvent, dans la modernité. Et puis, chez ceux qui, dans le monde officiel où ils gravitaient, se tenaient strictement serrés dans leur réserve, la nature aussi était capable de faire des ravages. On n'est jamais cul serré ou cul bénit à plein temps. On a envie de voir au-dehors de soi et de délier les amarres. On revenait vite, d'ailleurs, une fois le dévergondage accompli, dans sa patrie originelle. Au cours de ces nuits, il faut reconnaître que, si quelques-uns gardaient pleine conscience et une attitude honorable, la plupart trouvaient mille justifications à se laisser aller vers ce qu'en plein jour, ils censuraient. Pardon, madame le Président, mais ce n'était pas loin d'une effervescence de tous les désirs et, pour ne parler que du sexe, il était difficile pour quiconque de ne pas succomber à l'entraînement des corps offerts, de l'alcool et de la drogue disponibles à profusion, si un frein puissant ne le retenait pas.

– Je vous prie d'excuser cette interruption mais vous nous avez bien dit tout à l'heure que vous apparteniez à ces rares qui demeuraient lucides ?

– C'est exact, madame le Président. Je n'y avais aucun mérite. En dépit de mon métier ou à cause de lui qui me conduit à endosser la peau des autres, j'ai toujours détesté les exhibitionnismes vulgaires. Et puis, comment dire ? je n'avais rien à compenser, aucun blocage personnel, aucun retard d'aucune sorte, je n'avais à ouvrir aucun verrou, je n'avais rien à débrider. Ce n'était évidemment pas le cas de Marcel Praraud qui était, quand je l'ai connu, aussi introverti que Brouzy était expansif et volubile. Il avait même voulu être séminariste dans sa prime jeunesse, c'est tout dire ! Ce qui m'a rapproché de lui, quand je l'ai rencontré dans le cadre d'une association pour laquelle j'étais venu jouer bénévolement, alors que je faisais mes premières armes sur les planches, c'était justement la fascination que j'ai éprouvée – le mot n'est pas trop fort – pour son tempérament plein de scrupules, intelligent, pesant en permanence le pour et le contre, retenu, mais en même temps avec des désirs plein la peau, une curiosité vive et malsaine pour tout ce qui relevait de l'ordre de la nature, le corps, les femmes, l'amour ; il avait une manière inimitable de ne jamais trancher et il s'en faisait une gloire. Il était intéressant et exaspérant ! Notre amitié s'est développée ainsi, s'amplifiant de nos différences et se réjouissant de nos similitudes. À l'époque, je lui disais en riant qu'il serait politicien, et il l'est devenu, et évidemment centriste ! Il n'a pas changé. Tout naturellement, j'ai fait connaître Madeleine à Praraud et il est devenu un pilier de nos soirées.

– Mais son centrisme, son parti ?

– Il s'en arrangeait. Nous étions entre amis. Il ne craignait rien et pouvait se montrer en privé infiniment détendu.

– Détendu ?

– Madame le Président, il n'était pas le dernier à s'amuser. Pas de drogue, bien sûr, mais pour le reste il n'était pas bégueule.

– Mais madame Praraud ?

– Elle résidait en permanence en province, dans la circonscription de son mari. La politique, selon Marcel, n'était pas sa passion. À mon avis, il ne la tenait pas vraiment au courant de ses activités publiques et elle devait même ignorer qu'on parlait de lui comme futur ministre.

– Il était là, dans la nuit du 16 au 17 mars ?

– Oui, il était présent.

12

J'ai adoré Clieu. Je venais dans cet appartement en traînant du cœur et, bizarrement, je me sentais infiniment proche de lui. Tout en demeurant d'une grande tenue – j'avais toujours aimé ce contrôle souriant qu'il exerçait sur lui-même –, il semblait profondément heureux, naturel au milieu de ces désordres. Je percevais chez lui, en dépit des apparences, une ironie tendre, un détachement tranquille. Madeleine lui abandonnait son appartement et, pourtant, on aurait dit qu'il n'y était pas totalement chez lui, présent, attentif à tous, tolérant mais aussi la tête et le cœur ailleurs, le corps aussi sans doute. Il me plaisait car nous nous ressemblions, au fond, même si lui empoignait le monde avec humour et moi avec indignation. Lorsque Clieu avait prononcé sa dernière phrase, j'avais cru deviner une hésitation, un infléchissement, moins de spontanéité et de facilité dans le ton. Peut-être la présence de Praraud, ce soir-là, avait-elle donné lieu à quelque chose qui m'avait échappé ?

13

– Oui, monsieur Clieu. Donc monsieur Praraud était présent cette nuit-là. Mais d'abord, quels étaient vos liens avec Marie Boise et avec l'accusé ?

– J'aimais beaucoup Marie Boise, sa beauté, sa gaieté et aussi ses élans de tristesse, ses éclairs de mélancolie, son intelligence et sa vivacité. Elle n'était pas de ce monde qui s'abandonnait sans retenue et sans résistance. Il était évident qu'elle connaissait presque tout le monde, mais je la sentais comme en visite. Elle ne participait à rien de sale ni de sordide. Elle fendait le vulgaire et le laid avec une invisible armure. Personne n'avait jamais pu mettre la patte sur elle, sauf l'accusé mais je crains que celui-ci n'ait jamais rien compris à son caractère. Il se croyait menacé, la suivait comme un bouledogue, la surveillait, il était furieux de ses sourires et a piqué une crise quand il l'a vue avec Brouzy. La dispute, m'a-t-on dit, s'est poursuivie sur la terrasse.

– Vous nous parliez de monsieur Praraud.

– Oui, madame le Président. Je suis un peu gêné mais j'ai juré de dire toute la vérité. Après que l'accusé a eu sa querelle avec Brouzy, je suis monté sur la terrasse, je voulais prendre l'air. C'était très peu éclairé. J'ai vu comme un duel d'ombres et j'ai entendu le bruit d'un verre qu'on brisait. J'ai parfaitement reconnu Marie et, au moment où je m'apprêtais à redescendre, j'ai entendu la voix de Praraud qui semblait en colère et s'adressait manifestement à Marie, puisque son prénom a été prononcé. Pour être franc, je n'ai pas prêté une grande attention à cet incident. J'avais entendu dire, mais par ces bruits de concierge avinés et absurdes qui clôturent les nuits, que Praraud avait le béguin pour Marie mais qu'elle n'en voulait pas. J'avais haussé les épaules car je voyais mal Praraud, en dépit de ses foucades nocturnes, s'aventurer sur ce terrain. Il savait que Marie était amoureuse, même si l'accusé ne cessait d'en douter. Aujourd'hui, avec ce procès, on est bien obligé de tout envisager.

– Étiez-vous présent lorsque Marie est tombée ?

– Non, je venais de partir, dix minutes avant, je crois. J'ai été entendu par la police et j'ai dit ce que je savais, comme aujourd'hui.

– En effet. Je le constate à la lecture de votre procès-verbal. Puis-je, avant de vous laisser partir à moins que d'autres questions ne vous soient encore posées, solliciter de vous un avis strictement personnel ? L'accusé est-il coupable à votre sens ?

L'avocat général, piqué au vif, s'ébroue.

– Mais, madame le Président, ce n'est pas au témoin de nous dire cela. Ce sera à la cour et au jury d'en décider.

– Je sais, monsieur l'Avocat général. Aussi, j'avais cru prendre les précautions de langage qui vous rassureraient. Veuillez répondre, je vous prie.

– Je ne peux rien dire en conscience à ce sujet, madame le

Président. Toutes les pistes qui pourraient être envisagées me laisseraient étonné. De même, d'ailleurs, que l'accusation qui pèse sur lui.

Clieu s'est tourné vers l'accusé, tandis que l'avocat général, qui ne s'est pas remis de sa déconvenue, lance, acerbe :

– Merci, monsieur Clieu. Vous nous avez été d'un grand secours !

Clieu salue avec élégance, d'un signe de tête, la présidente et le jury, puis se retire. Beaucoup sont sous le charme.

14

Praraud amoureux de Marie ? Rien n'est absurde dans le royaume de la passion et de l'amour puisque tout l'est. Pourquoi pas ? Ce verre brisé explique ce qu'on a retrouvé sur la terrasse. Et moi qui ne comprenais pas ma chance. À force de vouloir une félicité si singulière qu'elle ne pourrait être éprouvée par personne, j'ai laissé passer, devant mon être égaré, celle que Marie voulait m'offrir, celle que Marie m'offrait, celle que Marie m'aurait offerte si je n'avais pas prétendu me montrer plus fort que le réel, comme un imbécile vaniteux, le cœur armé jusqu'à la garde.

15

La présidente décide, à cet instant, d'ordonner une suspension d'un quart d'heure car elle ne veut pas dissocier les auditions qui suivront, celles du juge Burgroie et de Clotilde Boise. D'ailleurs, l'huissier lui a fait passer un petit mot indiquant que le magistrat aurait de l'avance par rapport à l'horaire prévu. Il sera donc entendu à la reprise. Ce ne sera pas plus mal de terminer par la mère de la victime. À propos, que devient Praraud ? Il n'a pu être joint pour une comparution dans l'après-midi, mais on lui a fait savoir que sa présence était obligatoire pour le lendemain à neuf heures trente. Déception sur le banc des journalistes qui s'égaillent lors de la pause. Le hasard, plus que les affinités, font se rencontrer dans le couloir qui mène à la buvette du Palais Brigitte Moignard, Dupont-Bérard et Jean Cohen, philosophe et, accessoirement, journaliste. Il a été mis à contribution par *Le Nouvel Observateur* pour « couvrir » ce procès, au prétexte qu'un regard extérieur serait salutaire. Cohen, depuis toujours passionné par les problèmes de justice, dont la pensée ne cède jamais à la moindre complaisance, qui cultive le paradoxe non par provocation mais parce que la vérité est souvent au cœur de l'inhabité, a accepté avec enthousiasme.

Dans la chambre du conseil, on ne saurait dire précisément pourquoi, l'atmosphère a subtilement changé. Sans doute un peu plus de gravité, la conscience qu'on approchait doucement du terme et que, peut-être, chacun dans son for intérieur, il fallait commencer à préparer la conviction qui éclaterait au grand jour le lendemain. Certes, le procès était loin d'être terminé, les discours, réquisitoire et plaidoirie, auraient leur importance, mais rien n'interdisait de commencer à emprunter les chemins secrets grâce auxquels une opinion s'élabore et s'éprouve, se détruit ou se construit, s'enivre de sa certitude ou se désole de sa contingence. Madeleine Dubois est trop habituée aux assises pour ne pas respecter cette nouvelle et impressionnante tonalité. On ne rit plus, la décontraction est moins affichée, et c'est l'intensité et la concentration de la dernière ligne droite, comme pour les sportifs. Demain est inscrit, angoisse et attente, dans la tête de chacun. Seul Bernard demeure fidèle à lui-même, parlant fort et gênant les autres, et la présidente se murmure – elle n'a pas honte de s'avouer crûment les choses – que son assesseur est vraiment un con. C'est la glorieuse et pitoyable incertitude de la justice. Avec Juliette, elle a tiré le bon numéro. Avec Bernard, le mauvais.

– Mais tu es malade, Brigitte. Burgroie est un dangereux personnage !

– Tu ne comprends vraiment rien, Lucien. Il faut que tu acceptes que la magistrature a changé et que le pouvoir politique ne peut plus rien contre elle.

– Tu trouves que Burgroie a donné une bonne image de sa

profession par ses derniers exploits ! Le pouvoir lui est monté à la tête comme un alcool et il ne s'en remet pas, fuyant comme la peste le risque du dégrisement par le réel.

– Tu dis n'importe quoi. Burgroie appartient à cette catégorie de magistrats qui ne veulent plus être traités comme de la merde. Maintenant, il n'y a plus d'impunité pour les patrons, les responsables politiques, pour toutes les personnes qui étaient protégées, hier, par un système aux ordres.

– Tu trouves vraiment qu'on a gagné au change ? On a juste substitué le poids d'un corporatisme effréné à la tutelle du pouvoir politique...

À l'évidence, ces deux journalistes ne s'accorderont pas. Ce n'est même pas *Libération* contre *Le Monde* car il est vraisemblable qu'au sein de ce prestigieux quotidien la vision de Brigitte Moignard soit plus applaudie que celle de Dupont-Bérard qui est, pourtant, dans la rédaction, quelqu'un d'infiniment respecté pour la liberté de sa pensée et la qualité de son style. Mais on ne peut rien contre le vent dominant qui fait que le magistrat valable n'est plus celui qui dirige avec compétence un service mais celui qui a l'art de flatter les médias et l'audace de mettre en examen tous les puissants qui ont eu la malchance de croiser sa route. Ce n'est même plus de l'audace puisque, dans un monde où tout est permis, où le ministre de la Justice existe si peu, on n'a plus rien à transgresser. L'essentiel est de se faire applaudir en feignant un courage que la faiblesse de l'institution a rendu inutile. Jean Cohen, qui a eu l'occasion, au cours de ces deux journées, d'apprécier Lucien, partage son sentiment, mais considère que le propos mérite d'être approfondi.

– Je crois que c'est même plus grave. Autant il me semblait nécessaire pour la démocratie que la justice ait enfin une réelle indépendance, autant je trouve déplorable la prise de possession de l'institution par les juges. Ils en sont les serviteurs, ils ne devraient pas en être les bénéficiaires. La justice ne leur appartient pas, pas plus que l'art aux artistes et le train ou l'avion à ceux qui les font fonctionner. Le problème, aujourd'hui, c'est que le risque pour le magistrat n'est pas le déficit de pouvoir mais sa surabondance. Le juge n'a plus rien qui puisse contrôler sa puissance, s'il n'a pas la conscience nécessaire pour comprendre qu'il doit être son propre contre-pouvoir.

– Vous exagérez, Jean. Demandez donc aux substituts de base et aux juges d'instruction anonymes s'ils ont trop de pouvoir et vous verrez ce qu'ils vous répondront !

Jean Cohen se voit confirmé dans ce qu'il a pressenti. Il a affaire à une imbécile et, pire, une imbécile qui, parce qu'elle écrit à *Libération*, se croit autorisée à l'appeler par son prénom et, demain, c'est sûr, à le tutoyer ! On lui avait vaguement parlé d'elle. Le temps d'un procès, le journalisme devient, dit-on, une grande famille. À Jean Cohen, on avait raconté que Brigitte, fille déclassée d'une grande famille bourgeoise, avait été obligée de fuir un milieu dont elle ne cessait à la fois de regretter la richesse et l'aisance et de dénigrer le conservatisme et la petitesse d'esprit. Elle avait atterri dans le journalisme et à *Libération* parce que ce journal représentait un élitisme avouable, une apparence de fraternité, un ersatz de phalanstère. Brigitte avait aimé cette odeur perpétuelle de révolution mais dont les seuls cadavres étaient ceux qu'on recensait dans les colonnes du quotidien. Il répond à Brigitte sur un ton dont il parvient à modérer l'irritation.

– Mais non. Il est évident que, si on demande leur avis aux magistrats, ils n'auront jamais assez de pouvoir, d'argent, de moyens, d'irresponsabilité ! Mais le juge ne doit compter que sur lui-même pour se fixer des limites et faire un usage modéré de sa puissance. Plus le pouvoir est grand, plus son exercice devrait être prudent, mesuré, réfléchi ! Mais quelle volupté pour beaucoup de médiocres que le droit de faire souffrir en raison même de leur métier ! Tous les jours, on s'aperçoit du risque d'une justice confiée à des gens qui s'en servent comme d'une psychanalyse !

– Jean, je ne peux pas te suivre, tu aimes trop le paradoxe. Il faut vivre avec son temps. Le progrès existe.

Jean avait été trop optimiste : le tutoiement était arrivé plus vite que prévu. Cela ne sert à rien de continuer. L'avenir judiciaire fait aussi sûrement peur à Jean qu'il apparaît radieux à Brigitte. Lucien, qui les a laissés parler et qui est le seul à avoir une connaissance certaine du magistrat Burgroie, a envie de s'abandonner à une sincérité que l'hypocrisie judiciaire, même entre juges et médias, rend trop rare.

– Moi, j'en ai une petite idée, de Burgroie. C'est vrai que je n'aime pas ses méthodes. C'est un type qui, malgré les apparences, n'a pas l'orgueil de sa fonction, mais la vanité de son personnage. Il est prêt à toutes les souplesses tactiques et a l'indépendance flexible. Il fait virer un directeur d'aéroport, pas parce qu'il aurait entravé sa mission, mais parce qu'on ne l'a pas mis dans le salon VIP, et il envoie paître une mère de mis en examen en ne la prenant pas au téléphone alors qu'elle pouvait démontrer l'innocence de son fils.

– Il a démenti l'affaire de l'aéroport !

– Tu y crois vraiment, Brigitte, à son démenti ? L'événement lui ressemble trop. Quitte à admirer des magistrats, je préfère de loin le juge Vanarbek. Un petit exemple qui te fera mieux comprendre la différence entre un juge préoccupé de soi et un professionnel soucieux seulement d'exercer son métier le mieux possible ! Les deux vont faire une perquisition dans une très grosse entreprise. Le premier, en présence des médias étrangement présents, la fait durer toute la journée, emmerde exprès le patron et saisit un nombre impressionnant de pièces, alors que le second, avec son seul greffier, sans aucun journaliste, rencontre le directeur juridique dans son bureau et l'invite à lui faire parvenir plusieurs documents, qu'il recevra, d'ailleurs, comme convenu ! Ce n'est pas qu'une différence de méthode, c'est une différence de morale. Je préfère, et de loin, celle de Vanarbek ! Ce qui me navre le plus, c'est que les élèves-magistrats, à Bordeaux, dans leur école, ont voté une motion de soutien à Burgroie quand il a été mis en cause pour des entorses à la procédure. Il n'y a rien à faire avec la jeunesse, décidément : elle a une conception si totalitaire de la justice qu'elle ne comprend pas que la traiter comme ça, c'est la dévoyer ! Et la bêtise de cette guérilla, même plus, de cette haine, à l'encontre des avocats ! Que c'est puéril, ce jeu du juge, de l'avocat, du gendarme et du voleur !

– Je suis entièrement d'accord, Lucien, mais je crains que vous soyez contraint à prêcher dans le désert.

– Il faudrait peut-être y retourner.

Jean et Lucien lui donnèrent raison sur ce point.

– Je ne vous fais pas prêter serment puisque vous êtes entendu en vertu de mon pouvoir discrétionnaire.

– Bien, madame le Président.

– Avant d'aborder le fond de votre témoignage, je vous prie d'exposer brièvement pour mesdames et messieurs les jurés les grandes étapes de votre carrière.

– Volontiers. J'ai d'abord été nommé dans le Nord comme juge d'instruction où j'ai notamment instruit une grosse affaire de viol collectif qui a fait couler beaucoup d'encre et pour laquelle j'ai été attaqué d'une manière indigne, le mot n'est pas trop fort. Je n'avais fait que mon travail. Ce n'est tout de même pas ma faute si quelqu'un, qui protestait de son innocence et que j'avais évidemment incarcéré compte tenu de la gravité des faits, s'est suicidé en prison. Il avait une personnalité fragile dont je n'étais pas responsable.

– Ensuite ?

– Ensuite, madame le Président, j'ai eu la chance d'être nommé à Bobigny, dans un très grand parquet où j'ai pu, parfois, requérir aux assises. Je sais donc par expérience ce qu'une cour d'assises attend d'un dossier d'instruction et je ne laisse rien au hasard sur ce plan.

– En dehors de la cour d'assises, qui devait tout de même vous prendre rarement à Bobigny, que faisiez-vous ?

– J'ai été affecté dans plusieurs sections, celle des crimes et délits flagrants, pour utiliser une terminologie compréhensible pour mesdames et messieurs les jurés, celle du courrier financier, enfin celle du règlement. J'ai beaucoup aimé travailler à Bobigny avec monsieur le Procureur Boitert qui avait fait sa réputation avec le traitement rapide des procédures. C'était un homme à poigne, qui savait tenir ses troupes.

– Puis vous êtes nommé à Paris ?

– Lorsque monsieur le Procureur Boitert, en remerciement de ses bons et loyaux services, a été nommé à Paris en qualité de procureur, tout naturellement, il m'a poussé pour que je sois à ses côtés en tant que Premier Juge d'instruction. Il savait qu'il pourrait compter sur moi.

– Mais votre indépendance de juge ?

– Je ne l'ai jamais mise en péril. D'emblée on m'a confié des affaires délicates, sensibles, de nature diverse, toutes celles qui exigeaient du doigté, de la technique et de la pondération.

– C'est comme cela que vous avez été saisi de cette affaire criminelle ?

Avant que Burgroie puisse répondre, un brouhaha au fond de la salle d'audience fait que tout le monde lève la tête et se détourne du témoin, qui le prend mal. La présidente, à laquelle on avait annoncé le passage rapide du garde des Sceaux, reconnaît, en effet, François Boyer, accompagné par le procureur général, petit homme vif, intelligent et volubile, et par deux individus ternes et ostensiblement respectueux, conseillers techniques au cabinet du ministre. Burgroie s'est retourné, figé dans une attitude qui constitue une étrange synthèse entre la rigidité militaire et le conformisme judiciaire. La plupart des journalistes, pour rester fidèles à l'image de dérision et de contestation qu'ils se plaisent mécaniquement à donner d'eux-mêmes, se moquent de cette arrivée et on les entend de loin avec leurs sarcasmes et leurs rires un peu lourds. Comme il est naturel, les seuls qui demeurent dans une attitude neutre, dans l'attente tranquille de la suite du témoignage, sont Dupont-Bérard et Cohen, pour lesquels la présence d'un membre du gouvernement constitue un non-événement qui n'appelle ni approbation ni ironie. Boyer, avec ce physique de bellâtre content de lui et cette absence totale de chaleur et de vie dans le regard et l'expression du visage, s'est assis au milieu du public avec une modestie affichée, prenant l'air très intéressé quand le procureur général lui parle en montrant d'abord le jury puis le box de l'accusé. Madeleine Dubois commence à trouver l'intermède un peu long et manifeste des signes d'impatience en tapotant nerveusement de la main le dossier qu'elle a devant elle. Sans doute remarque-t-on que l'épisode a assez duré puisque Boyer, le procureur général et les deux caricatures de bureaucratie heureuses de se réchauffer au soleil du pouvoir se relèvent dans un même mouvement et, avec un bruit sans lequel personne ne remarquerait l'importance de leur appareil, sortent de la salle d'audience. La présidente voit le procureur général se retourner pour lui adresser un petit signe mêlant le remerciement, la résignation et la solidarité. Elle n'en est pas mécontente et retient à temps le geste qu'elle s'apprête à offrir en retour.

16

Ainsi, cela va être de nouveau à lui. Il va falloir encore supporter cette morgue et cette bêtise pontifiante. Le petit spectacle qui vient d'être présenté m'a amusé au plus haut point. J'ai reconnu tout de suite Boyer, et il me semble que j'avais déjà vu une fois à la télévision le Méridional nerveux qui l'accompagnait. Je n'en suis pas sûr mais ce doit être le procureur général de Paris. Sans être aussi inculte, dans ce domaine, que la plupart des Français, j'ai beaucoup de mal à appréhender la hiérarchie judiciaire, les titres et les fonctions. Mais je crois bien ne pas me tromper au sujet de ce personnage qui suivait le ministre. Celui-là, je n'aimerais pas travailler avec lui. Je n'aurais jamais pu être fonctionnaire, rien qu'à cause de cela. Savoir que je suis dirigé par une tête pareille et un homme aussi peu engageant, qui ne vous donne ni l'envie ni l'enthousiasme de vous mobiliser pour lui, m'aurait foutu le cafard. Je sais bien qu'on ne travaille pas pour le ministre comme, en maternelle, pour la maîtresse, mais tout de même ! Je n'étais pas un inconditionnel de Badinter mais c'était autre chose que ce Boyer ! Mais qu'ai-je à dériver ainsi alors que Burgroie est là, que c'est le combat de ma vie et que mon destin va se jouer à pile ou face ? Je le trouve odieux, ce juge, antipathique, pire même, puant. Quel effet peut-il bien faire sur le juré de base ? Peut-être sont-ils impressionnés par l'étalage de la puissance et du savoir, par l'exhibition d'une personnalité si sûre d'elle qu'elle pourrait donner de la confiance à ceux qui la regardent et qui l'écoutent ? Je ne sais rien, et je ne peux rien prévoir. L'avenir judiciaire, c'est un langage absurde, une contradiction dans les termes.

17

– Reprenons, si vous le voulez bien.

– Avec plaisir, madame le Président. En effet, c'est dans ces conditions que j'ai été saisi de cette affaire et que j'ai été amené à mettre en examen l'accusé puis à le renvoyer devant la cour d'assises, sur réquisitions conformes du parquet. Pour parler net, ce n'est pas un dossier qui m'a causé une difficulté particulière.

– Pourtant, l'accusé n'a pas cessé de nier devant vous, et il a, d'ailleurs, confirmé ses dénégations devant nous. Son attitude vous a-t-elle surpris ?

– Pas vraiment. Pour préciser ma pensée, c'était, à la fois, une affaire facile et délicate. Facile, parce qu'une enquête bien faite, des constatations et des témoignages accablants, une absence d'aveu certes, mais on sait bien, depuis des lustres, que l'aveu n'est plus la reine des preuves. Mais délicate aussi, c'est pour cela, d'ailleurs, qu'elle m'avait été confiée. La victime, Marie Boise, n'était pas n'importe qui, pas plus que sa mère. Des personnalités connues et qu'il fallait traiter avec ménagement étaient citées dans la procédure, Clieu, Brouzy et Praraud notamment. Vous devinez bien comme je devais faire preuve de tact et de prudence.

– Comment se sont passés les interrogatoires du mis en examen ?

– À vrai dire, mal. Il n'a cessé de m'opposer une attitude butée en niant l'évidence et en affirmant qu'en dépit de sa présence dans l'appartement de Madeleine Curtet et de ses nombreuses disputes avec la victime, il n'était pour rien dans sa mort. Il était incapable, par ailleurs, de fournir la moindre hypothèse cohérente pour expliquer la chute de Marie Boise. On n'avait relevé aucune autre altercation entre elle et un tiers. On ne lui connaissait, enfin, aucune pulsion suicidaire. L'accusé était le seul à avoir un mobile. Maladivement jaloux, il ne supportait plus son attitude. Il s'est vivement disputé avec elle au cours de la nuit. L'ordonnance de mise en accusation coulait de source.

– Vous n'avez pas été étonné par le fait que pratiquement tous les témoins, principaux et secondaires, ont mis en cause l'accusé, comme si on voulait à toute force lui faire endosser la responsabilité de ce que l'accusation qualifie de meurtre ?

– Mais c'est un meurtre, madame le Président ! Il est normal que tous s'accordent sur la même version à partir du moment où ils ont constaté les mêmes choses.

– Mais, alors, pourquoi, si la cause est clairement entendue, l'accusé nie-t-il de manière aussi absurde ?

– Mais c'est dans l'ordre des choses. Il est coincé, alors il se défend comme il peut. Devant de telles charges, ou on s'aplatit – ce n'est pas le genre de l'accusé – ou on proteste. C'est ce qu'il a fait avec moi et continue apparemment à faire avec vous. Mais à mon sens, il est trop intelligent pour croire un mot de ce qu'il raconte. Et puis n'oubliez pas le déni possible. Il a honte de ce qu'il a accompli, alors il l'occulte. En ce sens, sa dénégation est un aveu. Il y a des intelligences incapables d'accepter leur nuit et qui s'inventent, avec leur prétendue innocence, une clarté !

– Merci pour vos explications. Oui, je vous en prie, posez votre question.

Juliette attend, depuis quelques minutes, cet instant où la présidente lui donnera la parole. Elle se reproche même d'avoir éprouvé la crainte vulgaire de voir sa question « prise » par quelqu'un d'autre. Elle s'étonne que la présidente n'ait pas songé à la formuler. Il lui semble qu'elle aurait dû occuper l'esprit de tous.

– On nous a parlé d'un incident grave ayant opposé le député Praraud à la victime, avec un verre brisé. Avez-vous exploité cette information ?

– J'en ai, bien sûr, entendu parler, mais je n'y ai pas attaché une grande importance. C'est Clieu qui a évoqué cette péripétie, qui demeure d'ailleurs floue. Vous auriez voulu que je mette en examen Praraud pour cela, parce qu'il aurait brisé un verre ?

– C'est vous le juge d'instruction, ce n'est pas moi ! Je trouve tout de même que vous auriez pu prendre moins à la légère cette altercation qui ne s'est pas déroulée longtemps avant la chute de Marie Boise.

– Avant le meurtre de Marie Boise. C'est une affaire carrée et qui tient à la colle.

– Avez-vous pris en compte la psychologie des protagonistes ? Vous avez été éclairé sur la personnalité de Marie Boise, mais celle de l'accusé n'est pas banale non plus. Alors ?

– Je fais du droit, pas de la psychologie.

La présidente est agacée, dans ce flot de contentement de soi qui l'a évidemment exaspérée, d'avoir remarqué une pensée juste sur la nuit et le déni, le jour et l'innocence. Elle aurait désiré ne faire grâce de rien à ce cher collègue, comme on dit généralement, par antiphrase, dans la magistrature. Burgroie lui a mis dans la tête une idée. Elle regarde l'accusé. Pourrait-il être un autre ?

Ainsi, le voilà, le grand juge Burgroie. Cette dernière réponse le résume tout entier. Il n'a pas cessé, au cours de sa carrière, de se prendre pour ce qu'on disait de lui et que les médias rapportaient avec complaisance. Dur, rigide, employant la détention provisoire pour faire mal non seulement au mis en examen mais à ceux qui vivaient avec lui, méprisant, à mille lieues de cette compréhension visqueuse qu'il reprochait à tant de ses collègues et notamment à ce Vanarbek qui lui faisait une ombre intolérable, Burgroie donnait une image de lui-même que des esprits lucides auraient qualifiée de honteuse mais que la rumeur judiciaire jugeait exemplaire. Il ne cessait d'endosser avec volupté le costume de l'incorruptible cassant que ses affidés lui tendaient à bout de bras, en même temps qu'il s'abandonnait avec délices, dans des dîners, au cours de certains entretiens ou dans le secret de conciliabules plus politiques que judiciaires, à des combinaisons, des jeux de pouvoir, des plans de carrière et des trahisons, avec de rares magistrats, quelques avocats puissants et qui savaient le flatter, deux ou trois ministres et des journalistes choisis pour la manière inimitable dont ils mettaient leur indépendance à son service. Sous son abord sévère, il jouissait. La violence qu'il aimait, en toute légalité, infliger à autrui représentait une parfaite compensation à la timidité qui l'habitait lorsqu'il était dépouillé des attributs de sa souveraineté et qu'il n'offrait plus que Burgroie, dans sa nudité un peu triste et ennuyeuse, à ceux qui le rencontraient chez lui ou hors du Palais de Justice. Le juge était impitoyable et venait sans arrêt au secours de la faiblesse de l'homme.

– Mon cher collègue, si je vous comprends bien, vous avez une certitude absolue sur l'implication de l'accusé dans ce crime.

– C'est le mot, monsieur l'Avocat général. Une certitude absolue.

L'avocat général s'assied avec une extrême lenteur comme pour se démontrer à lui-même qu'on vient de lui faire une réponse capitale et gratifiante. Il est vrai qu'il n'a pas été toujours à pareille fête !

– Maître Gras, avez-vous des questions à poser au témoin ?

– Oui, madame le Président. Monsieur le juge, a-t-on jamais entendu mon client, au cours des disputes que vous qualifiez de nombreuses, menacer de mort la victime ?

– Monsieur le Premier Juge, je vous prie. Pour répondre à votre question, je ne crois pas, en effet, qu'il y ait eu explicitement de la part de l'accusé une telle menace. Mais je puis dire que la tension permanente qu'il créait, la violence des mots et la brusquerie des attitudes, la jalousie et le caractère possessif qu'il manifestait constituaient un terreau indéniable pour le crime.

– Monsieur le Premier Juge, c'est votre opinion, ce n'est pas une preuve.

– Je ne vais pas me répéter, maître. J'ai indiqué tout à l'heure à madame le Président l'ensemble des éléments qui militaient en faveur de la culpabilité de l'accusé. Que puis-je vous dire de plus ?

– Le juge d'instruction, à votre avis, doit-il dire quelle est la vérité ?

– La raison de votre question ? Évidemment que le juge est là pour découvrir la vérité et en tirer les conséquences judiciaires !

– J'insiste. Il me semble, au contraire, que la seule mission du juge doit être une mission de recherche de la vérité. De recherche et non pas d'affirmation de la vérité.

– Je vous remercie de vouloir m'apprendre mon métier ! Votre distinguo est trop subtil pour pouvoir être opérationnel, comme ces tartes à la crème de charge et de décharge.

– Je persiste, monsieur le Premier Juge. Êtes-vous dans votre rôle lorsque vous venez péremptoirement assener à une cour d'assises que l'accusé est forcément coupable ? La recherche de la vérité aurait dû seulement vous conduire, si vous estimiez qu'il existait des charges, à décider un renvoi devant la cour d'assises. À elle de décréter le vrai par son arrêt.

– Vous ne trouvez pas que tout cela relève du byzantinisme, pour ne pas dire plus ? D'abord, je n'ai pas demandé à comparaître. J'ai répondu à la demande de madame le Président.

Ensuite, je ne vois pas au nom de quoi celui qui connaît le mieux l'accusé serait tenu à une sorte de réserve imbécile qui lui interdirait de communiquer le fond de sa pensée à un jury populaire. Maître, je comprends que vous fassiez flèche de tout bois pour défendre votre client, mais tout de même ! Trop, c'est trop !

– Madame le Président, mon client a une question à poser au témoin.

– Qu'il la pose.

– Vous m'avez bien dit, un jour, que je serais lourdement condamné ?

– Est-ce que je réponds, madame le Président ?

– Bien sûr.

– Je ne me souviens pas avoir dit cela.

– Vous pourriez me regarder quand vous me parlez !

– J'ai à adresser mes réponses à la cour.

– Vous ne m'auriez pas dit cela, alors ?

– Je n'ai rien dit de tel.

– Vous mentez.

– Quoi ?

– Je vous prie de rester poli avec le témoin.

– Bien, madame le Président. Je me suis laissé emporter par tant de mauvaise foi, je n'aurais pas dû. Mais je nous vois encore tous les deux dans son cabinet, c'était peu de temps avant la fin de l'instruction, et lui, avec un air satisfait et la même certitude que celle exprimée tout à l'heure, m'a lancé : Vous allez en prendre pour vingt ans !

– Je conteste absolument avoir tenu ce propos. Ce n'est pas mon genre.

– Vous n'avez même pas le courage de vos outrances, monsieur le Premier Juge.

– Je crois que l'incident a assez duré, tranche la présidente qui n'a pu s'empêcher, au cours de cet échange tendu, d'éprouver une vague sympathie pour l'accusé. Je crois que nous pouvons libérer monsieur le Premier Juge. Nous le remercions pour sa disponibilité.

Burgroie semble intimidé au moment de partir. On sent qu'il voudrait dire quelque chose mais il se ravise et, grand corps dégingandé, s'en va. Son absence allège, d'un coup, l'atmosphère.

18

Je ne le verrai plus jamais. Cet être qui a hanté mes nuits durant plus de deux ans, qui m'a fait désespérer de tout, qui ouvrait mes lettres parce qu'il croyait y trouver les preuves qu'ailleurs, et pour cause, il était incapable de rassembler, qui me faisait remettre, par sadisme, avec beaucoup de retard, celles qui m'étaient adressées, cet être contre lequel je me suis heurté et qui m'a brisé, cet être qui m'a fait mourir à petit feu avec une infinie subtilité dans la torture, la plus terrible étant celle de ne jamais vous croire, cet être qui a été, pour moi, implacablement, le visage de la Justice, cet être-là m'a enfoncé une dernière fois, et puis c'est fini. Je n'éprouve rien, je ne suis pas assez pervers pour regretter la souffrance parce qu'elle a été, longtemps, la substance de ma vie, je n'éprouve pas non plus de haine. C'est plutôt comme si je disais adieu à une page horrible de mon existence. La cour d'assises n'est pas la suite de cet enfer, c'est autre chose, dont la conclusion tombera demain. Finalement, ces journées auront représenté une bouffée d'air et au moins l'apparence d'un monde où les jeux ne seraient pas faits de toute éternité. Au fond, je ne reproche pas à Burgroie d'avoir exercé son métier, je ne lui reproche même pas d'en avoir eu une conception tellement rigide qu'elle interdisait ce qu'il prétendait chercher : la vérité. Je ne lui reproche pas non plus la dureté et la violence de sa pratique professionnelle. Il y a, dans la procédure pénale, j'ai eu le temps d'y réfléchir en prison, non seulement une invitation à la rigueur extrême, mais un noyau inéluctablement et structurellement dur, qui est la rigueur elle-même. Non, ce qui m'a indigné, c'est la jouissance personnelle qu'il y mettait, le sadisme intime qui l'habitait, le remède qu'il venait chercher dans la contrainte impérieuse et trop souvent discrétionnaire qu'il infligeait aux autres, derrière l'apparence de légalité qui l'habillait. C'est l'immoralité de l'homme qui m'a scandalisé, pas l'arrogance et la compétence discutable du magistrat.

19

Les mères de victimes sont toujours attendues avec impatience. On a beau prendre la mesure de la sauvagerie d'un crime, on a beau s'indigner et se fondre, avec un sentiment d'appartenance ambigu, dans la réprobation collective, on a beau se mettre à la place de ceux qui ont vu trancher le fil de leur existence et de ceux qui pleurent une disparition, rien ne vaut, pour atteindre la plénitude absolue, la confrontation directe et infiniment curieuse avec la mère. Sur sa figure viendront s'inscrire non pas l'abstraction de la douleur mais ses stigmates, les évidences de l'infortune et du désespoir, couleront les larmes, s'incarneront les détresses. Pourquoi le nier ? Le voyeurisme et la solidarité y trouveront leur compte. Si la mère de la victime est désirée dans l'enceinte judiciaire avec tant de ferveur, c'est qu'elle est la seule qui vienne apposer un sceau rassurant sur l'étrangeté de la vie. Le criminel, même si des imbéciles ou des ignorants se plaisent à affirmer le contraire, ne porte pas sur lui les marques de sa malfaisance et les désordres de son âme. Ce défaut de coïncidence explique l'étonnement, voire la stupéfaction devant des actes si peu annoncés par la personne qui les a commis, tandis que la mort offre une dévastation traduite sur le corps de tous ceux qu'elle a indirectement touchés. Les familles blessées ne nous égarent pas. Elles ressemblent à la tragédie qui les a brisées. C'est sans doute à cause de tout cela que l'entrée dans la salle d'audience de Clotilde Boise porte à son paroxysme une concentration dont la présidente admet qu'elle ne s'est pas démentie un seul instant. Elle regarde le jury et s'émeut de cette métamorphose qui s'opère durant chaque procès. À l'origine éparpillés, enfermés dans leur stricte individualité, indifférents les uns aux autres, les jurés sont devenus, en dépit des pensées singulières qui creusent leur chemin en chacun, une force, une unité, un groupe, un esprit, une tension, une exigence. Une communauté. Des hommes et des femmes liés par l'honneur et la difficulté de juger.

La présidente a fait passer aux jurés la photographie de la victime, juste avant l'arrivée de Clotilde Boise devant la cour. La ressemblance est tellement frappante qu'on ne saurait dire si c'est la mort qui a ressuscité ou le vif qui s'est éteint. C'est une très belle femme qui s'avance, avec un maintien à la fois réservé et déterminé. De la classe, un visage triste et profond qui renvoie à des paysages intérieurs, des yeux de mélancolie nuageuse, un port de reine, un air de décadence douce et splendide plus sensuel que toutes les beautés de plein soleil, et, dès qu'on a entendu sa première parole, une voix sans pareille.

– Je vais pleurer mais cela ne voudra rien dire. Elle est morte, je sais qu'elle est morte et j'en pleure. Il n'y a pas de jour, depuis qu'elle est morte, qui ne me voie pas pleurer.

Peut-être que pleurer sur elle me la rend présente. Mon fils Antoine vient me sécher les yeux et me murmure que je devrais tenter d'oublier. Je n'ai pas mis Antoine de côté. Simplement, comme il y a un creux, un vide autour de lui, et que ce creux, ce vide, c'est l'absence de Marie, peut-être n'ai-je pas été suffisamment attentive à Antoine depuis que Marie est morte. C'est l'une des questions que je me pose depuis qu'elle n'est plus là. Il y en a une multitude d'autres. Je me souviens de Marie toute petite dans les bras de son père, de Marie commençant à marcher, de Marie pas jalouse du tout à l'arrivée de son frère. Marie n'était pas jalouse. Marie avec ce physique gracieux et élancé qui la mettait au centre de la vie des gens, de notre vie. Elle a toujours été le cœur de notre famille. Tout est passé par elle, très vite. Son frère avait une énorme admiration pour elle et il l'adorait, aussi, comme un petit enfant devant sa grande sœur. Elle et moi, on s'adorait, mais on était comme chien et chat. Nos disputes étaient de tendresse et notre amour de chamaille. Avec la mort de mon mari, tout cela est devenu encore plus net. Sans doute est-ce aussi à partir de cette disparition qu'elle a commencé non pas à disparaître, non pas à fuir la maison, mais à sortir plus souvent, à revenir moins rapidement, à découvrir un monde sur lequel elle est toujours demeurée très silencieuse, lâchant seulement des bribes quand elle était questionnée trop avant. Elle ramenait de ses expéditions et de ses fêtes nocturnes beaucoup de cadeaux, bijoux, livres et vêtements. Apparemment, son caractère changeait peu, mais, pour moi qui la connaissais bien, je remarquais, chez elle, une tension plus vive, moins de disponibilité, un énervement qui la jetait contre son frère et moi-même, sans que nous y soyons vraiment pour quelque chose. Fatiguée, elle ne se laissait aller à aucune confidence mais le hasard des communications téléphoniques me donnait l'impression d'une pléthore de prétendants qui venaient tenter leur chance. Cette profusion ne la rendait pas gaie. Je me sentais dépassée par une jeune femme qui était ma fille et que je ne comprenais plus parce qu'elle ne voulait rien me dire d'elle. Toujours chaleureuse, affectueuse et aimante avec moi, elle avait tout de même érigé autour d'elle une sorte de glacis qui rendait impossible la moindre intrusion dans son intimité. Que voulait-elle donc cacher ? Qu'avait-elle besoin de dissimuler avec tant d'entêtement ? Vous devinez les pensées qui me passaient par la tête. Pour peu que je l'aie trouvée, un matin, épuisée, lunatique et défaite, je craignais la drogue dans son existence. Ou, alors, c'était un amour, une passion qui allaient à vau-l'eau, une crise existentielle, une dépression, que sais-je encore. Je me trouvais d'autant moins stupide avec mes craintes que le caractère de Marie m'avait toujours fait peur avec ses ombres et ses lumières inégalement partagées, avec ses fous rires et ses mélancolies, avec une difficulté d'être qui venait corrompre les joies les plus fortes. Combien de fois avais-je remarqué que, au milieu du bonheur, Marie, soudain, s'éloignait, mourait au monde en quelque sorte pour se retirer en elle dans je ne sais quelle sombre et lumineuse retraite ! Lumineuse tout de même, car, de l'extérieur, pour qui avait une intuition médiocre d'elle, rien n'apparaissait. Elle parlait, souriait, répondait, embrassait, mais, derrière, une tristesse la tenait. Je n'ai jamais été totalement tranquille avec elle, comme si j'attendais obscurément un coup du sort. Je ne sais d'où me venait cette crainte que l'air lisse de Marie aurait dû faire fuir. Un jour, j'ai compris que je n'étais plus essentielle pour elle. La passion l'a détournée de moi, mais elle a continué à voir son frère qui est devenu son seul confident. Tout cela s'est passé aux alentours des années 90, quand elle l'a rencontré. Il devait avoir trente ans, elle à peine plus de vingt. Je n'ai rien su de leur histoire, Marie était encore plus silencieuse que d'habitude et, d'ailleurs, je la voyais peu. Quand je lui téléphonais et que je lui demandais de ses nouvelles, elle demeurait évasive et ne tombait pas dans les pièges que lui tendait ma curiosité maternelle. Les rares fois où j'avais le bonheur de la voir entre deux portes, car elle ne prenait plus un seul repas avec moi, sauf, exceptionnellement, un dimanche midi, peu de temps avant sa mort, elle m'inquiétait aussi bien par son allégresse forcée que par sa morosité amère. Ce déjeuner du dimanche m'est resté en mémoire car c'est la seule circonstance où, sans lui avoir tiré les mots de la bouche, j'ai obtenu d'elle quelque chose qui m'ouvrait un peu sa vie et me faisait confidente de ses pensées et de ses sentiments. Elle n'était pas dans un jour faste et je me souviens, lors de son départ, d'avoir éprouvé de l'effroi, le mot n'est pas trop fort, à cause de tout ce que je venais d'entendre et que je pourrais définir comme une immense déception, la blessure d'une injustice absolue. Marie n'était pas le genre de jeune femme à se répandre, vous l'avez compris, elle ne multipliait pas les détails intimes, mais ce jour-là, j'ai perçu que sa passion la serrait au cœur et au corps comme la meilleure et la pire des choses. Ce dimanche, elle m'a surtout conté le pire par petites touches pudiques mais d'autant plus désespérantes. L'impérialisme de l'accusé, sa jalousie lui faisaient mal, détruisaient son existence. Elle ne m'a jamais, au cours de ces échanges, expressément cité le nom de son amant, mais, depuis la mort de Marie, je sais qu'il s'agissait de l'accusé. Elle souffrait d'autant plus de cette possession violente qu'elle tentait de répondre le mieux possible à ses attentes, s'étant transformée pour lui plaire, ayant brimé son amabilité et sa convivialité, déçue de se voir si peu reconnue et encouragée. Elle avait l'impression d'un « toujours plus » qui n'aurait jamais de fin et était lassée par avance d'un combat qu'elle était sûre de perdre parce qu'il était incapable d'admettre qu'elle puisse le gagner. C'était triste à pleurer et, d'ailleurs, nous avons pleuré. Comme je pleure maintenant, madame le Président, et je m'en excuse.

– Souhaitez-vous une chaise, un verre d'eau ?

– Merci, madame le Président, mais j'en ai presque terminé. Après ce déjeuner, je n'ai plus revu Marie. Sans doute, la connaissant, a-t-elle mal supporté les confidences que sa faiblesse d'un jour avait laissé échapper et s'est-elle rétractée encore davantage ! Un terrible hasard fait que j'ai entendu pour la dernière fois la voix de ma fille dans l'après-midi du 16 mars 2001. Elle m'avait téléphoné pour un détail pratique sans importance, un problème de mode et de couture, mais je la sentais hésitante, perdue au bout du fil. Je lui ai proposé de venir me voir. Elle m'a dit que non, non, qu'elle ne pouvait pas, qu'elle n'avait pas le temps et qu'elle avait une soirée. J'ai insisté, il y a eu un silence et puis j'ai compris qu'elle pleurait. Vous savez, elle ne pleurait pas facilement comme tant de femmes, elle avait trop de pudeur et était trop fière, cela m'a fait d'autant plus d'effet, je lui ai demandé ce qui se passait, elle m'a répondu que ce n'était rien, juste un coup de fatigue et, au moment où je commençais doucement à me rassurer, elle m'a posé abruptement une question sur son père. En soi, cela n'avait rien d'étrange, mais de la part de Marie si secrète, tellement enfermée dans le chagrin qu'elle n'évoquait jamais la tragédie qui l'avait suscité et nous avait brisés tous trois, c'était plus que surprenant, inquiétant. J'ai bredouillé une réponse et Marie a raccroché. Puis elle est morte. Puis une partie de ma vie est morte avec elle, et l'autre est pour Antoine qui ne se remet pas de la disparition de sa sœur.

Clotilde est une victime magnifique. À la fois authentique et parfait stéréotype. Elle a pleuré assez souvent, bien avant d'en demander pardon à la présidente. De la douleur mais pas de ressentiment. Elle a merveilleusement évoqué sa fille et celle-ci est redevenue vivante grâce à sa mère qu'on regarde et qui, par son récit de haute tenue, est venue à bout de ce défi insensé : il faut enterrer et faire renaître. Le témoignage d'une mère en cour d'assises, c'est une pelletée de mots sur un cadavre cher, après la pelletée de terre sur le cercueil. Clotilde se tient droite. Il faut se résoudre à poser quelques questions. On ne sait jamais ce qui est le mieux avec une mère. Convient-il de laisser l'émotion s'épandre dans le silence ou bien d'amplifier le mouvement en mettant les points sur les cœurs ?

– Madame, n'hésitez pas à demander une chaise et de l'eau si vous êtes fatiguée. Je vous le redis. Avez-vous connu d'autres relations amoureuses à votre fille ?

– Non, pas vraiment. Il est vrai que j'aurais eu du mal à le savoir. Je vous ai dit à quel point Marie était discrète. Elle n'était pas en manque d'amis et d'admirateurs, mais quelqu'un qui aurait vraiment compté, non, je ne vois pas !

– Il est délicat de vous poser cette question, j'en ai conscience. Vous avez vous-même évoqué le déjeuner avec votre fille et son dernier coup de téléphone, leur tonalité étrange, sombre. Excluez-vous complètement que votre fille ait pu vouloir mourir ?

– Je ne sais pas, je ne crois pas, madame le Président. Je n'ose pas penser qu'elle ait pu passer de sa mélancolie et de ses déceptions à l'envie d'en finir. C'est autre chose, c'est un immense et terrible écart. Mais sa mort a été tellement subite, si terrifiante que je comprends qu'on s'accroche à toutes les explications.

– Aviez-vous déjà rencontré l'accusé ?

– Oui, deux fois. La première, tout à fait par hasard. Je faisais des courses rue du Faubourg-Saint-Honoré quand j'ai vu Marie sortir d'une bijouterie, accompagnée par cet homme. Les présentations faites, nous nous sommes vite séparés. Il est évident que je n'ai pas pu, en un si court laps de temps, me faire une idée du personnage. Je me suis tout de même aperçue de sa gêne et du regard inquiet qu'il posait sur Marie, comme s'il avait peur de quelque chose. La seconde fois, on s'est retrouvées dans un salon de thé où Marie m'avait fixé rendez-vous et il est arrivé entre-temps. J'ai pu évidemment l'observer plus en détail et il ne m'a pas fait une mauvaise impression. Lui-même, d'ailleurs, a très peu parlé. Le couple me paraissait bien aller, c'est tout. À la réserve que, dès que

Marie ouvrait la bouche, il semblait tendu, mal à l'aise.

– Merci, madame. Monsieur l'Avocat général, avez-vous des questions ?

– J'en ai une, madame le Président. Votre fille a-t-elle jamais fait des tentatives de suicide ?

– Jamais. Pour être franche, je n'ai jamais eu peur de cela avec elle.

– Vous a-t-on raconté la nuit du meurtre ? Saviez-vous que l'accusé avait eu une dispute violente avec votre fille ?

– La police m'en avait dit un mot, monsieur l'Avocat général, mais je ne connaissais pas les détails. Il est évident que c'est un élément très important. Tout cela est brouillé, confus dans ma tête. Il y a cette querelle et puis la psychologie de ma fille, son caractère. Peut-être ai-je failli ? Peut-être que je n'ai pas su lire les signes ?

– Maître Gras ?

– Oui, merci, madame le Président. Avez-vous déjà entendu parler de Marcel Praraud, madame ?

– Oui, comme tout le monde. C'est l'homme politique centriste.

– Saviez-vous que votre fille le connaissait bien ?

– Non, je l'ignorais. Mais puis-je vous demander, maître, le rapport qu'il y a avec la mort de ma fille ?

– Comme il y avait un lien entre eux, je voulais seulement savoir si vous étiez au courant. J'ai une dernière question. Tout à l'heure, vous avez répondu à une question de monsieur l'Avocat général en disant – je relis mes notes – que tout cela était brouillé, confus dans votre tête. Est-ce la raison pour laquelle vous ne vous êtes pas constituée partie civile ?

21

– L'audience est suspendue. Elle reprendra demain matin à neuf heures trente précises. L'huissier m'a indiqué tout à l'heure que monsieur Praraud sera présent et qu'il pourra donc être entendu comme témoin. Ensuite, après avoir entendu l'ensemble des témoignages, j'avais gardé ce moment en réserve, nous pourrons poser toutes les questions qui nous sembleront pertinentes à l'accusé, sur les faits qui lui sont reprochés. Enfin, monsieur l'Avocat général et maître Gras prononceront réquisitoire et plaidoirie. L'un et l'autre, vous pensez en avoir pour combien de temps ?

– Une heure environ, madame le Président.

– Un peu plus d'une heure mais cela dépendra du réquisitoire. Je sais que les plaidoiries sont toujours trop longues.

– Vous aurez tout le temps dont vous aurez besoin. On peut prévoir un début de délibéré aux alentours de seize-dix-sept heures. Vous connaissez le programme de demain. À demain matin.

Le jury reste très peu de temps dans la chambre du conseil. Le fond habituel : les récriminations de Nathalie, la gouaille retrouvée de Raymond, les outrances de Bernard, la sérénité de la présidente. Guillaume et Pauline n'ont même plus besoin de se prévenir, ils s'attendent naturellement et iront boire un verre dans le café en face du Palais. Françoise, discrètement, s'éclipse et cherchera à éviter Nathalie et ses doléances. Raymond prendra son épouse par le bras et lui racontera par le menu ce qu'elle aura vu et entendu aussi bien que lui. Farida racontera à sa mère la journée passionnante qu'elle aura vécue et sera étonnée par sa compréhension et son attention. La cour d'assises dit quelque chose à chacun. Tous les autres, Lionel, Mathilde, Anne, Roger et Philippe, emprunteront le métro pour rentrer chez eux. Serrés, poussés, unis par force, ils sentiront comme la fraternité mécanique du nombre n'a rien de commun avec le groupe que le tirage au sort a créé et que la justice consacre. La présidente reviendra chez elle à pied car elle aime ces longues promenades où Paris prend encore plus de beauté d'avoir été ignoré par son regard durant ces nombreuses heures. Elle embrassera distraitement Laurent et Élodie puis attendra avec une impatience suivie de résignation le retour de Pierre. Ils ne feront pas l'amour car, même si elle ne dort pas, elle aura la tête trop pleine de la journée pour donner libre cours à son instinct. Elle dormira mal et se réveillera heureuse. Bernard ne cessera pas de râler et Juliette se murmurera avec délices qu'elle a de la chance. Elle aura un peu honte d'éprouver tant de satisfactions à juger son prochain.

22

C'est ma dernière soirée, ma dernière nuit avant le grand moment. Je vais savoir. Enfin. Mais, au fond, savoir quoi ? Que je sois condamné ou acquitté, je demeurerai innocent, puisque je le suis. Même si je n'en ai pas l'air, et je ne suis pas loin de croire qu'il me manque l'essentiel : l'apparence de l'innocence, la physionomie du type honnête et sincère, l'attitude respectueuse qui convient. Trop intelligent, trop sûr de moi, trop silencieux, trop sombre. Je suis persuadé qu'ici ou là, on me reproche tous ces « trop » qui ne parviendront jamais à composer un accusé « assez » convenable. Je me donne l'impression d'être un type claquemuré dans ses secrets et sans doute les autres me voient-ils aussi comme cela. Ce que j'ai à savoir, je le sais déjà. J'ai été un imbécile enfermé dans sa passion et j'ai suivi aveuglément ses fatales leçons. À force de vouloir imposer à Marie ma conception de l'amour – comme si l'amour pouvait être une conception, mais je le comprends trop tard ! –, j'ai oublié Marie, sa singularité et sa vie. Pendant que je protestais, peut-être qu'elle souffrait, pendant que je me plaignais, peut-être qu'elle se perdait dans des songes tristes. J'étais à la fois vaniteux et incorrigible. Vaniteux, oui, car j'étais si absurdement fier d'avoir greffé plus qu'un bout d'enfance dans mon âge adulte, et incorrigible, car je ne prodiguais que mon enseignement et ne savais pas me mettre à l'écoute du silence ou des mots de Marie. Cette journée m'a fait du bien et ouvert les yeux. La mère de Marie a évoqué la poignante mélancolie et le découragement de sa fille, le dernier jour de son existence en plus ! et des témoins sont venus raconter tout simplement l'odieux ou le ridicule ou l'étouffant, ou les trois à la fois, de certains de mes comportements amoureux. Ainsi, j'avais bien été cette personne collée aux basques de Marie, prête à mordre et à dévorer pour peu qu'une menace, même infime, se prépare ou se réalise. Et j'avais une définition si vaste de la menace que celle-ci devenait universelle, attachée à toutes les circonstances de notre quotidienneté. En réalité, la menace, c'était autrui, que je n'ai jamais pu percevoir comme une chance mais toujours comme un risque, un dérangement qui venaient troubler mon espace et ruiner ma paix. J'avais à franchir mille frontières avant d'arriver vers autrui, qui représentait au mieux un mal surmonté et, au pire, une catastrophe annoncée. Avec Marie et les collusions dont je l'accusais, les hommes qui la croisaient, ces respirations troubles et trop présentes, cela tournait au délire et me mettait sur des charbons ardents. Confronté à moi-même, je m'avouais que je devenais fou, que ma tête allait exploser tant l'écart entre l'impérialisme impossible que j'adorais et la convivialité banale que je haïssais s'agrandissait et me divisait douloureusement. Les formalités absurdes et répétées au dépôt du Palais de Justice sont enfin terminées. Avant de regagner la prison, je dois encore attendre la fin de toutes les audiences, pour le transfert commun des détenus. Je considère presque ma cellule comme un havre de paix dans la nuit peuplée de tous les cauchemars de mes frères en enfermement. On a les fraternités qu'on peut et elles en valent bien d'autres.

Le silence de l'obscurité est troué par des cris qui ne ressemblent à rien de connu. Ce ne sont pas les hurlements de la souffrance et de la peur, ce ne sont pas les paniques et les fulgurances de la douleur, non, c'est plus profond, plus primal, une révolte et, en même temps, une défaite, cela sort de partout, cela engage tout le corps, c'est glaçant, c'est une terreur venue d'un autre monde. Il n'y a plus de rêves depuis longtemps dans ces têtes folles ou malades, dans ces destins pourris, dans cette parcelle de présent atrophié entre un passé dont le souvenir réchauffe et un avenir dont on n'arrive pas à deviner l'ombre. Dans ma cellule, enfin. Je vais tenter de dormir. Demain est tout près, séparé de moi par un boulevard de cauchemars.

La prison de la nuit. La nuit de la prison.

TROISIÈME JOUR

1

Il allume la lampe, il est trempé de sueur et d'effroi. Le cauchemar qui le séparait de demain lui est tombé dessus. Dans une grande maison noire, il erre, perdu et seul. Il appelle au secours, puis, de déchéance en déchéance, tombe à genoux et pleure comme un enfant abandonné. Des toiles d'araignée viennent s'accrocher à ses cheveux, d'étranges bêtes lui frôlent le visage, la face grimaçante d'un homme, qui ressemble à l'avocat général, vient s'offrir à sa vue pour le narguer, c'est sûr. Le décor change et il a sa tête sous le tranchant d'une guillotine. Des voix aiguës et stridentes réclament sa mort. Le couperet tombe et c'est au moment où il croit être décapité qu'il se réveille, plein de la certitude, toute brûlante encore, de sa mort atroce. Il regarde l'heure. Trois heures du matin. Il comprend soudain qu'il y a quelque chose d'étonnant, cherche sans trouver puis entend le silence. Un court instant, en effet, la prison est si miraculeusement vide du bruit, des rumeurs et des souffles qui l'habitent en permanence que le silence subit devient palpable. Il est tenté de profiter de cette accalmie bienheureuse après ce qui l'a secoué. Il pourrait se lever, lire, écrire, attendre la lente arrivée du matin. Dire qu'aujourd'hui, il saura de quel côté on fera pencher sa destinée. Insidieusement, l'espoir élargit son espace. Il est bien lointain, son pessimisme absolu et dévastateur, et, pourtant, le procès n'a commencé qu'il y a deux jours. Il en faut peu, vraiment peu à cette bête humaine, à ce tas de chair et d'esprit pour se faire des illusions après s'être fait des frayeurs. Les deux attitudes sont aussi absurdes l'une que l'autre. Ce qui compte, c'est d'attendre, de tenir et de supporter. Il va rester couché et essayer de se rendormir parce que c'est ce qu'il aurait fait s'il avait été un homme libre. Au bout de quelques minutes, il sent qu'il ne parviendra pas à s'assoupir. L'heure du lever le surprendra, pourtant, en plein sommeil. Il traînera toute la journée ce réveil difficile. La vie est mal faite.

Madeleine a mal dormi comme elle le prévoyait, la tête alourdie par le procès. Elle a attendu Pierre puis s'est couchée. Il a fait le moins de bruit possible quand il s'est allongé à côté d'elle. Elle a feint d'être plongée dans un profond sommeil car elle n'avait pas envie de s'abandonner, à cette heure, au rite du bavardage conjugal. Elle en était fatiguée par avance. Elle a bien joué la comédie puisqu'il ne s'est aperçu de rien. Il aurait tenté un geste tendre de rapprochement qu'elle aurait peut-être craqué. Madeleine respectait, dans la vie intime, ses propres résolutions, mais elle s'abandonnait avec bonheur si Pierre savait les lui faire oublier.

Elle prépare son café. Sans sa tasse, elle n'est rien qu'une loque qui se demande quel est le sens de l'existence. Un peu de métaphysique dans le marc de café. Par quelle absurdité a-t-elle pu penser hier qu'elle se réveillerait heureuse ce matin ? Elle sait bien, pourtant, que la justice lui fait mal comme une passion trop belle et trop exigeante. Ses enfants dorment, Pierre lui demandera tout à l'heure comment s'est passée sa journée d'hier et elle lui répondra en souriant ce qu'il a envie d'entendre, pour que le dialogue ne devienne pas une corvée. Il s'approche d'elle et l'embrasse sur la joue. C'est d'une grande impudeur, pour lui ! Elle lui dit que tout s'est très bien passé. Avec quelqu'un d'autre, elle éprouverait le besoin d'affiner en évoquant l'accusé, l'avocat général, l'avocat, le jury ou elle-même. Avec Pierre, il vaut mieux en rester au global, c'est plus rapide. Elle sait profondément que si elle aime à ce point la cour d'assises, c'est à cause de sa vie conjugale si tristement heureuse. L'ordre immuable de leur existence est bousculé par l'irruption d'un inédit quotidien. Pierre la prendrait pour une folle s'il devinait le fond de son être en ce moment. Elle s'en fiche. Ce vieil air « d'être une femme libérée » lui est resté dans la tête. Il tombe bien.

Guillaume, à côté de son épouse, a mis beaucoup de temps pour s'endormir. Il lui a fait l'amour d'une manière qu'il a jugée en son for intérieur assez rustre, presque brutale. Apaisé, assouvi, il s'est rendu compte qu'il avait aimé sa femme en la prenant pour une autre, Pauline évidemment. Décidément, il était mal parti. L'idée de lui raconter peut-être cet épisode ambigu, dans le métro, ou au cours du déjeuner, ne lui cause aucun déplaisir.

Dans la chambre du conseil, c'est l'émotion de la dernière journée d'un procès d'assises. Elle est faite de l'attente inquiète du moment où il faudra trancher et du regret d'avoir à quitter les compagnons d'une aventure peu banale. En réalité, la moins banale qui soit puisqu'elle invite à se placer au-dessus de ses égaux, de ses frères humains, pour leur annoncer leur avenir. Le jury est bien persuadé maintenant qu'il ne se remettra pas, comme l'a dit la présidente dans son petit discours de bienvenue, de cette mission que le sort et le devoir civique lui auront confiée. Il ne sortira pas indemne de cette épreuve, qui laissera des traces chez tous. On ne peut pas savoir ce qui les marquera le plus profondément, l'univers de la parole peut-être, les étrangetés de l'âme, la difficulté d'être juge, l'impossible équilibre entre toutes les exigences à satisfaire, des vies de douleur et de misère souvent, à la fois proches et lointaines, l'horreur du crime mais la familiarité surprenante avec le criminel, l'indignation et la pitié mélangées. Pourquoi pas tout cela en même temps ? Demain ne sera plus pareil. Aujourd'hui, *Le Figaro* est posé de nouveau sur la table, à la bonne page. À croire que quelqu'un prend la peine d'informer les jurés de ce que les médias pensent d'eux et du procès ! Ce matin, les autres journaux ont préféré faire « l'impasse » sur l'audience d'hier pour réserver de la place pour le lendemain, où ils pourront rendre compte de l'audition de Praraud, du réquisitoire, de la plaidoirie et de l'arrêt qui sera vraisemblablement rendu en fin d'après-midi. *Le Figaro* s'est contenté d'une description des débats sobre et mesurée en insistant tout de même sur la qualité du témoignage de Clieu. Aucun pronostic sur l'issue du procès n'est formulé. La présidente s'assure que sa troupe est en bon ordre et donne le signal. Le cri solennel annonçant leur entrée dans la salle est encore plus fort que la veille. L'accusé se trouve dans le box avec trois gardes, maître Gras se tient à sa place, l'avocat général à la sienne, le public, plus nombreux encore qu'hier, et les journalistes, qui pour certains ont dû s'installer en catastrophe là où ils ont pu, attendent, espèrent quelque chose d'unique et de stressant, un témoin réputé soumis à la question, peut-être un coup de théâtre, en tout cas de l'intensité dramatique. Comme si la cour d'assises n'était pas déjà, dans son essence même, du drame et de l'intensité.

– Monsieur l'Huissier, le témoin Praraud est-il présent ?
– Oui, madame le Président.
– Faites-le entrer, je vous prie.

Il faut au moins une minute pour que la personne appelée à comparaître arrive à la barre. Tous les visages sont tournés vers la porte par laquelle Praraud va passer. C'est lui, ce n'est que lui. Comme toujours, curiosité et déception se partagent équitablement. Ainsi, cet homme politique, dont on parle tant, qui est un habitué des journaux télévisés, c'est ce témoin qui a la tête ronde et une taille moyenne, qui porte des lunettes et est habillé d'un costume gris. Au revers de sa veste, pour ceux qui savent, il y a l'insigne de la Légion d'honneur. Ainsi, Praraud, pour les insatisfaits, c'est ce personnage insignifiant qui s'avance comme s'il avait tout le temps et qui arbore cette ostensible modestie. À la hauteur du box de l'accusé, qui se trouve sur sa droite, Praraud jette un regard coulissant, à la fois clair et furtif, empreint d'une vague cordialité, assez proche de l'indifférence.

2

Je le reconnais bien là. C'est tout lui ! Le bon apôtre ! Il doit avoir, en ce moment, une peur bleue, pour ne pas dire autre chose. Pour lui, sa réputation et sa carrière. Le cadet de ses soucis, c'est moi. Attendons de le voir jongler avec la vérité. Accusé, je me sens plutôt au spectacle en cet instant. Bizarrement, quand Clieu est passé, j'ai éprouvé au contraire le sentiment d'être dans le vif de mon sujet. Le comédien m'a semblé réel. L'homme politique me semble faux.

3

– Nous vous écoutons, monsieur, sur les faits reprochés à l'accusé et sur les relations que, plus généralement, vous avez pu entretenir avec lui. Mais, avant, monsieur Praraud, veuillez expliquer à la cour les raisons de votre absence d'hier.

– Elles sont simples, madame le Président. J'étais débordé. Je n'ai pas pu trouver un moment pour venir. Et puis-je vous faire une confidence qui sera sans doute dans la presse d'aujourd'hui ? J'ai eu un rendez-vous urgent avec le Premier ministre, qui avait demandé à me voir. Je ne pouvais pas lui faire défaut.

– En revanche, si je comprends bien, vous pouviez faire défaut au peuple français qui vous écoute avec beaucoup d'attention en cet instant précis !

– Ce n'est pas ce que j'ai voulu dire, vous le savez bien, madame le Président. Personne, plus que moi, n'a conscience de ses obligations civiques. Je n'aurais pas choisi ce métier sans cela, ce métier qui est, d'ailleurs, une passion, une vocation…

– Passons, si vous le voulez bien. Revenons aux faits qui nous intéressent.

– J'en sais très peu sur ce qui s'est réellement passé au cours de cette nuit, dont, d'ailleurs, je ne me rappelle plus précisément la date. Je crois que c'était en mars 2001.

– En effet. Vous avez la mémoire courte. C'était dans la nuit du 16 au 17 mars.

– Il m'est difficile, avec mon emploi du temps surchargé, de me souvenir de tout.

– Je sais. Mais si nous en venions à l'essentiel !

– Comme je vous l'ai déjà dit, je ne vais guère pouvoir vous éclairer. Je me demande d'ailleurs pourquoi j'ai été cité comme témoin.

– Vous allez cesser, oui ou non, monsieur Praraud ? Ma patience a des limites…

– Bien, bien. Je connaissais Madeleine Curtet, Pierre Brouzy et André Clieu. Celui-ci, je l'avais rencontré grâce à Madeleine et j'ai très vite sympathisé avec lui. On a déjà dû vous dire comment nos amitiés se sont développées et comment nous avions pris l'habitude, dans cet appartement si beau et si tranquille, de nous réunir régulièrement, en toute confiance et dans une ambiance agréablement festive. Je vais me permettre d'insister sur deux points et j'espère ainsi répondre par avance à certaines de vos interrogations. D'une part, notre histoire s'est déroulée sur de nombreuses années. À l'origine, nous n'étions rien, et Madeleine, en quelque sorte, nous a mis le pied à l'étrier, que ce soit dans l'art, les médias ou la politique. Nous avons progressé ensemble et nous avons profité, les uns et les autres, des relations de chacun. On ne comprendrait rien à notre parcours si on oubliait sa durée et l'ascension qu'il a représentée. D'autre part, nous avons toujours cherché, compte tenu de nos positions respectives qui étaient devenues importantes et visibles, en tout cas clairement sous le regard des médias, à nous créer un havre de paix et de discrétion où nous serions assurés d'être absolument tranquilles. Sans cet appartement et ce qu'il nous a permis grâce à l'amitié de Madeleine, je ne vois pas comment, par exemple, j'aurais pu rencontrer mes amis Clieu et Brouzy sans que cela fasse la une de la presse people ou se retrouve dans la rubrique des échos politiques. Pour ma part, c'étaient mes seuls moments de vraie détente. Nos charges, vous savez, sont si lourdes…

– Vous nous l'avez déjà dit. Qu'en était-il de vos relations avec l'accusé ?

– Bonjour, bonsoir. C'est tout. Pour parler vrai, comme j'ai juré de le faire, nous n'avions pas beaucoup de sympathie l'un pour l'autre.

– C'était politique ?

– Je ne crois pas. La politique n'était pas un problème dans nos amicales réunions. Non, sans doute plutôt un défaut d'affinités. Cela arrive.

– Il s'y passait de drôles de choses, non ?

– Que voulez-vous dire, madame le Président ?

– Mais enfin, du sexe, des partouzes ! On prenait de la drogue, de la cocaïne !

– Je n'ai rien vu. Vous pensez bien que je ne me suis pas livré à de telles choses. Surtout la drogue. Vous n'ignorez sans doute pas que je suis, avec mon mouvement politique, hostile à toute drogue et à toute légalisation. Pour nous, il n'y a pas de drogues douces ou dures. Il y a du poison, c'est tout. Quant au sexe, madame le Président, je n'ai jamais vu d'enfants dans nos rencontres. Des adultes, entre eux, c'est tout.

– Est-ce vous qui aviez demandé à la police de ne pas intervenir ?

– Madame le Président, je trouve votre questionnement à la limite de l'offense. Je sais que la magistrature n'aime pas les politiques, mais tout de même !

– Répondez à ma question.

– Bien sûr que non. Je ne suis jamais intervenu auprès de quiconque pour empêcher la police d'intervenir. Si vous me connaissiez mieux, vous sauriez que ce n'est pas mon genre. J'ai toujours placé au premier rang l'éthique et les valeurs.

– Cela ne vous gênait pourtant pas de voir les gens se droguer autour de vous ?

– Je ne les ai pas vus. Sinon, je serais parti et je n'aurais jamais remis les pieds dans un tel endroit, en dépit de mon amitié forte pour quelques-uns.

– Vous retourniez dans votre circonscription lors des fins de semaine ? Vous y retrouviez votre épouse et vos électeurs ?

– Que vient faire mon épouse, ici ? J'étais seul à Paris une partie de la semaine, si c'est ce que vous voulez savoir. J'y travaillais et j'attendais avec impatience le moment de retrouver ma famille. Mes racines.

Le mot était lâché. *Racines*, ça fait toujours bien pour un homme politique. La présidente comprend qu'elle doit se taire et laisser à d'autres le soin de poser des questions qui, dans sa bouche et avec le ton qui a été le sien, apparaîtraient partiales et, pire, vindicatives. Son antipathie est trop forte, elle se voit, elle s'entend. Elle n'aime pas cet homme et ne voudrait pas se départir du peu d'objectivité qui lui reste. Elle appartient à cette génération de magistrats qui a découvert, depuis quelques années, sa liberté concrète, son indépendance effective et qui n'en revient pas. Avant, la justice était comblée d'hommages formels, on se prosternait devant elle avec les salamalecs d'usage, démocratie, État de droit, mais on la méprisait profondément parce que sa puissance purement théorique ne pouvait faire mal ni aux privilégiés de la vie ni aux plus hautes instances de l'État. Ce temps est révolu et les juges, enivrés comme le juge Burgroie de leur autonomie toute neuve, se payent tous ceux qui, de près ou de loin, ont trempé dans les affaires dont ils sont saisis, à condition qu'ils soient célèbres, qu'ils aient été longtemps intouchables et que leur mise en examen fasse de l'effet. On peut compter sur les médias pour amplifier cette chasse à l'homme où, sans paradoxe, les nantis souhaiteraient pouvoir profiter des garanties et de la sérénité accordées aux humbles. Madeleine Dubois, en dépit de son intelligence et de sa sensibilité, ne fait pas exception à cette règle qui veut, si l'on n'y prend garde, que l'exercice d'une fonction d'autorité tombe vite dans une forme de sadisme. La présidente serait horrifiée de s'entendre traiter de bourreau, mais lorsque des magistrats se servent de la procédure seulement à des fins personnelles et pour une psychanalyse sauvage, que sont-ils d'autre que des bourreaux, certes légitimes et respectés, mais d'autant plus redoutables à cause de cela ? Madeleine Dubois, et sa qualité d'être humain l'a sauvée, a su arrêter son pouvoir, juste avant l'abus.

– Quel était le comportement de l'accusé lors de ces soirées ?

– Je l'ai dit, monsieur l'Avocat général : je ne l'appréciais pas trop. Il demeurait en retrait, toujours un peu sombre. Il avait l'air de ne pas aimer les gens.

– L'avez-vous vu sur la terrasse en compagnie de Marie Boise, à un certain moment de la soirée ?

– Je crois, oui.

– Connaissiez-vous bien Marie Boise ?

– Pas plus que les autres en vérité. C'était une jeune femme séduisante qui avait toujours gravité autour de Clieu et Brouzy.

– Quelle est votre opinion sur le crime ?

– C'est une épouvantable tragédie. C'est horrible. Je n'aurais jamais pensé qu'il en arriverait là. Il était toujours derrière elle, mais tout de même !

– Maître Gras, vous avez la parole.

– Merci, madame le Président. Parlez-nous encore un peu de Marie Boise et de vos relations avec elle.

– Je n'avais aucune relation particulière avec elle. Je parlais avec elle comme avec les autres. Elle était gentille avec tout le monde.

– N'oubliez-vous pas quelque chose ?

– Quoi donc !

– Un certain incident qui vous a opposés sur la terrasse.

– Un incident, et avec qui donc, je vous prie ?

– Avec elle, avec Marie Boise. On vous a vu vous disputer avec elle, un verre a été brisé.

– Qui peut avoir soutenu une chose aussi inepte ?

– Monsieur Clieu vous a vus et son témoignage est formel.

– Le témoignage formel de Clieu, je m'en méfierais. Lorsqu'il a bu, ce n'est plus le même homme. Je ne me suis absolument pas disputé avec elle.

– Vous étiez amoureux d'elle et elle vous repoussait.

– C'est une absurdité. Je rêve ou vous m'accusez de l'avoir jetée du balcon ?

– Reconnaissez que c'est troublant, cette algarade, le soir où elle meurt.

– Mais l'accusé s'est disputé avec elle, ça, c'est sûr.

– Pourquoi éprouvez-vous le besoin de nier l'évidence ? Vous être disputés ne fait pas de vous un meurtrier. On dirait que vous avez peur.

– Madame le Président, je vous demande de faire cesser ces questions ridicules. Ma dignité…

– Les droits de la défense ne me permettent pas d'interrompre maître Gras.

– Ce ne sera pas nécessaire, madame le Président. J'en ai terminé. Le jury appréciera.

– Puis-je me retirer, madame le Président ?

– Je vous y autorise, monsieur.

Dans sa sortie, il n'y a plus de doute. C'est l'homme insignifiant qui a pris le dessus et qui bat en retraite, humilié par ce qu'il vient de subir, honteux de s'être exposé devant des journaleux qu'il méprise et qui vont faire des gorges chaudes de lui ! Dans *Le Monde* de cet après-midi, ce sera trop tôt, mais demain, ce sera pour lui. Il devine déjà les insinuations perfides et les allusions subtiles, la calomnie enrobée dans un bas de soie, les interrogations qui tuent. Et encore, c'est sans évoquer les journaux populaires du matin qui vont en rajouter dans le genre scandale et coup de théâtre ! Au moment où sa chance politique le fait bénéficier d'un climat exceptionnel ! On l'évoque comme possible ministre, voire, dans des calculs pas si extravagants que cela, comme futur Premier ministre. Et cette conjoncture bénie – c'est un adjectif que Praraud, par vocation, adore utiliser – serait mise à bas par une audition dans un procès de merde. Tout cela parce qu'il s'est engueulé un soir avec une pétasse bêcheuse qui ne voulait pas de lui. Et alors ? Une de perdue, dix de retrouvées ! Seul face à lui-même, dans la détresse aussi bien que dans la joie profonde, Praraud sort de son collet monté pour s'encanailler et se parler enfin d'une manière où sa pensée ne dérive pas à des années-lumière de son expression officielle. La vulgarité, ça lui fait du bien. C'est comme une violence qu'il exerce sur le monde et qui lui donne l'impression d'agir et de sortir enfin du moule démocrate et chrétien. Sa plus grande honte, il ne parvient pas à l'oublier, a été son attitude quand il s'est retrouvé traduit il y a quelques années devant un tribunal correctionnel, avec d'autres responsables de son parti, pour financement illicite. Ce n'est pas le procès qui l'a traumatisé, c'est son comportement à l'audience, où il a été le seul à faire preuve d'une lâcheté telle qu'elle lui brûle encore aujourd'hui l'esprit. Il a, rien que d'y songer, le rouge aux joues et au cœur. Découragé, déprimé, il ne veut pas laisser passer une dernière chance. Il s'est souvent rendu compte que l'indépendance des journalistes était plus théorique que réelle. C'est comme ces juges, cette présidente. Pour qui elle se prend ? Il les hait, ces magistrats. Parce qu'ils mettent en prison à tour de bras, ils croient qu'ils ont du bon, du beau et du vrai pouvoir alors qu'ils n'ont rien, rigoureusement rien. Les vrais puissants continuent à les mépriser avec leurs petites vies, leurs petits costumes et leurs petites idées. On les laisse s'amuser, pour l'instant, avec leur nouveau joujou qui est l'illusion d'une justice indépendante. On sifflera, bientôt, la fin de la récréation. Mitterrand – un grand homme, celui-là, plus religieux que beaucoup, très lucide, au fond un véritable homme de droite – avait bien raison qui s'était toujours moqué des juges. Il les connaissait bien. Il avait fait établir des fiches sur eux. Sa conception intelligente, donc pessimiste, de la nature humaine devait se régaler de ces noces obscènes de la médiocrité intellectuelle et de la souplesse politique avec le triomphe professionnel. Praraud tentera d'appeler le directeur du *Monde*. On ne sait jamais. Ce qu'Éva Joly a pu réussir, il peut le tenter. Donnant donnant. Il y a des centristes qui sont des battants. Il n'est pas loin de le croire, dans son excitation un tantinet artificielle.

– J'avais retardé, avec l'accord des parties, le moment des questions à poser à l'accusé. Il n'y a plus de témoins à entendre. Pour ma part, j'ai une seule interrogation : que pensez-vous de tout ce que vous avez entendu ? Maintenez-vous n'être pour rien dans le crime qui vous est reproché ?

– Plus que jamais, madame le Président. J'ai découvert que Marie avait pu être tuée mais avait pu aussi se suicider. S'il s'agit d'un crime, puisqu'il ne m'est pas imputable, à qui alors ? Je n'ose penser que Praraud, cette personnalité si respectable, ait pu accomplir un tel acte, il tient trop à sa carrière ! Mais je m'aperçois que je connaissais si mal Marie. Emmuré comme je l'étais dans ma passion, qui me coupait du vrai monde, je n'ai sans doute rien vu de ce que j'aurais dû voir. Et si ce n'était pas un crime ? Vous avez entendu sa mère ? La mélancolie de Marie ne m'était pas étrangère, mais j'étais loin de deviner dans quels abîmes elle l'entraînait ! Elle ne croyait plus en moi, elle était désespérée. Mon innocence, je la crie depuis le début, sans doute avec trop peu de véhémence. Je n'ai pas de comité de soutien derrière moi. Je n'ai assassiné personne. Je n'ai que ma parole et des témoins qui viennent dire que j'étais collant et que je m'étais disputé avec elle. Avec ça, on voudrait me mettre un meurtre sur le dos ?

– Mais cette dispute, et à ce moment-là, ce n'est pas rien.

– Madame le Président, des disputes avec Marie, j'en avais à foison. J'ai eu tort, c'est sûr, mais c'était notre manière de fonctionner, presque notre manière de nous aimer. J'avais trop besoin d'elle. Je veux bien que tout soit dans la nature humaine mais, même à la pire folie, il faut un embryon de cohérence ! Je ne l'ai pas tuée.

L'avocat général, en fin de procès, s'émancipe et n'attend plus que la présidente lui donne la parole.

– On dit que vous étiez capable de la tuer. On ne vous aimait pas.

– Monsieur l'Avocat général, avec de tels raisonnements, tout le monde peut être coupable. On n'a peut-être pas voulu admettre que cette mort pouvait ne pas être criminelle. J'étais le bouc émissaire rêvé.

– Pourquoi donc ?

– Parce que, vous le savez bien, je n'étais pas de leur monde. On pouvait me sacrifier.

– Mais, pour ces gens, un suicide était plus confortable qu'un crime !

– En êtes-vous sûr, monsieur l'Avocat général ? Un suicide, et mille soupçons diffus circulent. Personne n'est innocent, tout le monde est responsable, presque coupable. La communauté tout entière est infectée par la rumeur. Alors qu'un crime, ça extirpe la mauvaise herbe. On a une victime, sur laquelle on pleure, et un coupable. Surtout lorsqu'il est tout désigné et qu'on fait tout pour le désigner avec son sale caractère, sa passion encombrante et son air agaçant parce que toujours trop sérieux !

– C'est du sophisme !

– Vous ne savez pas si ce n'est pas la vérité.

– Personne ne peut nous confirmer que vous étiez dans l'appartement lors de la mort de la victime.

– Et alors ? Dans mon souvenir, je vous redis que j'y étais.

L'avocat général, à l'issue de cette joute, semble découvrir qu'il y a un homme en face de lui. Ce serait comique si ce n'était pas aussi répandu chez les accusateurs.

– Maître Gras, à vous.

– Madame le Président, ma question complétera votre interrogation. J'en suis désolé mais ce point est capital. À la fin de ces débats, juste avant le réquisitoire et ma plaidoirie, vous pouvez encore tout dire, changer d'avis et de version, mettre en cause qui vous voulez, dénoncer un invité ou soutenir n'importe quelle absurdité. Vous êtes totalement, totalement libre. Alors, Marie, c'était votre passion ou c'est votre victime ?

– Marie, je la porte au fond de moi. Je suis coupable de l'avoir laissée partir. J'aurais dû être encore plus vigilant, plus obsédé, j'aurais dû ajouter mille regards à l'emprise trop douce que j'exerçais sur elle, je n'aurais pas dû la quitter d'un battement de cœur, d'un souffle de la respiration, d'une lueur de la pensée. J'aurais dû être son attrape-corps. Je n'ai rien su faire de tout cela. Je suis coupable, mais pas comme vous l'entendez. Une fois pour toutes, je ne me souviens de rien. Je n'ai plus envie de vous parler.

La présidente n'a même pas besoin d'observer. Elle entend les bruits discrets de l'émotion. Elle déteste les jurés qui pleurent, surtout les femmes, parce que le reproche de sensiblerie ne leur est pas toujours adressé à tort. Sans doute trop abrupte, en dépit de sa cordialité, elle craint toujours que le cœur soit le palliatif de l'absence d'esprit et qu'on ait d'autant plus de sentiment qu'on a moins de réflexion. Aussi, les larmes ne bénéficient-elles pas, auprès d'elle, d'un préjugé favorable mais, pour une fois, son indulgence est acquise à celles – il lui semble même qu'un homme, ou deux, a les yeux humides – qui n'ont pas pu entendre sans frémir les derniers propos de l'accusé. Ce qui la retient aussi, c'est qu'elle a cru noter, dans la teneur de ceux-ci, un subtil infléchissement faisant passer l'accusé d'une dénégation ferme à une absence de souvenir. Peut-être exagère-t-elle la portée de telle ou telle parole, cherchant des preuves dans la nuance et le détail, mais la cour d'assises n'est-elle pas, avant tout, du singulier traité avec délicatesse, une dentelle humaine « travaillée » avec raffinement ? Elle regarde l'heure à l'horloge de la cour et décide de suspendre jusqu'au réquisitoire de l'avocat général. Ce sera à treize heures trente.

Il n'est personne qui ne pense à la fin. L'avocat général demeure dans son bureau où il s'est fait apporter un plateau-repas. Maître Gras, qui devine aisément par où va passer l'accusation, a demandé l'autorisation de rester dans la salle d'audience pour préparer sa plaidoirie. Il a son plan dans la tête et pourrait se dispenser de notes détaillées, mais, pour conjurer le sort, il va s'appliquer à aller au bout de la conscience professionnelle. Sa jeune collaboratrice, qui viendra tout à l'heure l'entendre plaider, lui apporte un sandwich. Les jurés ont à peu près recréé les groupes conviviaux de la veille, mais Françoise a réussi à préserver sa solitude. Guillaume attend avec impatience et une légère inquiétude – après tout, Pauline pourrait être choquée – le moment où il pourra livrer à son amie la confidence suscitée par son dernier rapport intime. Il espère qu'elle lui fera don d'un trouble qui lui manifestera qu'elle ressent la même émotion que lui. La présidente déjeune avec ses deux assesseurs, même si Madeleine a tenté sans succès de se séparer de Bernard. Elle est donc obligée de subir par avance et sur un petit pied ce que le délibéré lui infligera dans quelques heures. Elle est déterminée, sans sortir de sa neutralité, à tout faire pour limiter les débordements prévisibles de Bernard, si Juliette n'y parvient pas. Rires, plaisanteries, silences, tendresse ici, anecdotes là, bonheurs et mélancolies, gaudrioles... Chacun se débrouille comme il peut pour oublier qu'il a peur.

4

Quelques heures encore. Un réquisitoire, une plaidoirie, un dernier mot de ma part, le délibéré enfin. Acquitté ou condamné, et à combien ? Je suis au pied du mur, je devrais être au faîte de l'angoisse. Pourtant, non. Sentiment rassurant et étrange par rapport à mon impression du premier jour : j'ai confiance, oui, vraiment confiance dans mon avocat, il a grandi dans mon estime au fur et à mesure que sa timidité l'a quitté et lui a fait perdre cette fausse arrogance qui me déplaisait tant. Tellement confiance, d'ailleurs, que je ne sais rien de ce qu'il a l'intention de dire. J'attends son discours avec impatience et curiosité comme s'il allait concerner un autre. J'éprouve un sentiment d'abandon. Tout à l'heure, je serai totalement confié à son esprit et à son talent et lui n'aura charge que de moi. C'est ce lien qui est fascinant et qui fait de ce métier une profession extraordinaire. Malheureusement, elle tente beaucoup de médiocres parce qu'elle paraît ne se fonder que sur les élans du cœur, le culte formel de l'humanisme et la célébration de la parole. Elle est si simple à vivre, cette trinité. Mais l'intelligence, c'est bien autre chose ! Et l'éloquence, c'est bien plus qu'un art de salon où des petits maîtres cherchent à se faire applaudir pour des riens ! Un jour, j'ai entendu une plaidoirie extraordinaire. Je me souviens, c'était mon ami Le Guernec qui m'avait emmené l'écouter. C'est à cette occasion que j'ai découvert Yves Lesourd. Je croyais savoir ce qu'était un bon avocat mais là j'ai compris qu'il y avait une grâce, que beaucoup ne l'auraient jamais et que de très rares en disposaient sans mesure. Il y avait tout, le parfum d'une civilisation, l'excellence du langage, la force et l'originalité des idées, la vigueur de la pensée et de la polémique, l'appréhension du singulier et l'assomption du pluriel, une nature qui s'offrait avec sincérité et conviction, il y avait de la compassion et de la dignité. Je n'ai plus jamais entendu un tel morceau de vie. C'était comme un flux intense et riche. Les grands discours, ce ne sont pas des mots mais des pans d'existence, une immense coulée d'être et de puissance. Je me demande où se situera mon conseil. Je n'ose l'espérer aussi haut mais je suis sûr qu'il ne me fera pas honte. Un qui aurait dû avoir honte, s'il était capable d'une telle conscience de soi, c'est Praraud. Il a dépassé le pire que je pensais de lui. Et il est l'homme politique de l'année, paraît-il ! Ce ne sont pas les mises en examen qui menacent la vie politique, ce sont les politiques eux-mêmes. Lorsqu'on voit et qu'on entend ce monsieur, même au sujet de circonstances qui ne se rapportent pas à son métier, on est effaré. De la bêtise et de la lâcheté, de l'hypocrisie et de la vanité. C'est à cause de tout cela que notre démocratie est si gravement atteinte. Les juges malmènent les politiques sous le regard de médias largement incompétents ; dans une société normale, on y mettrait bon ordre, mais là, tout le monde s'en moque. Personne n'a envie de secourir les politiques, améliorer les médias relève d'une tâche impossible et on laisse les magistrats faire joujou dans leur coin. Ce Praraud pourrait devenir ministre et même Premier ministre. Le centrisme dans toute son horreur, qui a fait de sa faiblesse une philosophie et une méthode. On va picorer ici ou là des miettes chez les autres, on se construit ainsi, en parasitant, un bout de théorie par-ci, un zeste de projet par-là, et, surtout, la grande affaire, on n'a à la bouche que le dialogue ! On se contente de mettre en cause les mécanismes du pouvoir sans jamais traiter du fond des choses et des choix fondamentaux à accomplir. Le réel fait peur à Praraud, fait peur aux centristes. Parce qu'il vous oblige à choisir. On ne peut se présenter face à lui, comme Praraud devant moi tout à l'heure, avec un regard biaisé et coulissant. On le prend ou il vous prend. J'ai toujours adoré la politique, de la plus fondamentale à la plus anecdotique, mais aujourd'hui je n'en puis plus. En fait, cela a commencé quand je les ai connus un peu, les politiques, et, justement, les centristes. J'étais beaucoup plus jeune et plus naïf. J'avais une vague réputation d'expert. Je me suis coltiné des réunions, des commissions, des écritures et des lectures de rapports jusqu'au jour où j'ai compris que je n'estimais pas ces gens, je les trouvais même assez nuls et ils n'avaient qu'une ambition, qui était de garder leur chasse. Le plus grand crétin, dès lors qu'il avait l'onction d'un échec électoral, était sanctifié par rapport au type valable qu'on laissait croupir et qu'on jalousait en même temps. Ceux qui savaient n'avaient pas le pouvoir, ceux qui avaient le pouvoir ne savaient rien. J'avais croisé Praraud à l'époque, avant de le retrouver dans cet appartement de malheur. Je lui en veux parce qu'il aurait suffi qu'il dise simplement ce qu'il avait vu au long de ces soirées. Quelle pitoyable prestation que ce mensonge à propos de la dispute et l'air outré qu'il a pris quand on lui a rappelé ce que Clieu avait vu !

Je n'imaginais pas l'antipathie que j'avais pu susciter et le rejet dont j'étais l'objet. Le terrible est qu'on ne m'oppose pas de preuves mais qu'on met en avant une image, un comportement, une apparence. Que j'admette les avoir eus, et je suis foutu. Que je proteste, et je ne peux rien démontrer. Je suis d'autant plus coincé que j'ai scrupule, en dépit de mes angoisses sur la mort de Marie, peut-être voulue par elle, à abonder dans le sens de son suicide, alors que, durant les débats, je n'en avais pas évoqué la possibilité. Je n'arrive plus à me plonger dans un fatalisme qui serait au moins reposant et tranquille. Je m'énerve comme devant un examen où il serait trop tard pour réparer erreurs et oublis. Je découvre la vérité absolue de cette torture par l'espérance. Elle me taraude comme un mal, alors qu'elle pourrait embellir mes derniers instants judiciaires, avant le risque d'une longue période pénitentiaire. Ce procès m'a détruit. Il a suffi de trois jours pour que mon identité s'effrite et que je me retrouve perdu, éclaté en mille fragments mais avec la volonté forcenée de les rassembler. Il est presque l'heure. Je n'ai pas peur du réquisitoire. Je voudrais bien me tenir. Je découvre, sur le tard, trop tard, une évidence. Ma personnalité est une charge accablante. À force de m'être répété que j'étais fou, j'ai peut-être oublié que je l'avais été. Plus je m'approche de la fin, plus je m'éloigne de moi, moins je parviens à me lire.

5

– Madame le Président, puis-je, avant que vous donniez la parole à monsieur l'Avocat général pour son réquisitoire, vous demander l'autorisation de lire un courrier qui m'a été porté ce matin et qui émane de l'ex-épouse de l'accusé ? Celui-ci m'a donné son accord pour que j'en fasse part à la cour mais j'attends votre décision.

– Sera-t-elle longue à lire, maître ?

– Non. C'est une lettre de deux pages.

– Monsieur l'Avocat général, qu'en pensez-vous ?

– Je trouve le procédé discutable mais je ne veux pas m'opposer à ce qui pourrait éclairer encore le jury.

– Merci, monsieur l'Avocat général. Monsieur l'Huissier, veuillez, je vous prie, m'apporter ce courrier qui sera joint aux débats après sa lecture par mes soins.

La présidente tient cette lettre qui est datée du matin même et qui est signée par Delphine Loriot.

Madame le Président, ma démarche est inhabituelle, j'en ai conscience et je vous prie de m'en excuser. Je n'avais pas l'intention d'intervenir dans ce procès. J'ai pris ma décision hier soir, après avoir lu attentivement les comptes rendus sur le premier jour des débats. Loin de moi l'idée d'accabler mon ex-époux avec lequel, durant cinq ans, j'ai vécu quelque chose qui ressemblait au bonheur. La naissance de notre fille Laura a été, pour l'un et pour l'autre, un événement capital et il me semble que nous avons réussi son éducation et tenté de lui faire le moins de mal possible. Il y a eu, au cours de cette vie familiale en définitive de courte durée, des moments difficiles, avant même qu'il ne rencontre Marie Boise. L'entente avec mes parents n'était pas parfaite et j'ai toujours perçu chez mon époux un agacement devant la sollicitude de mon père et son habitude de ne s'adresser qu'à moi, même lorsque nous étions tous ensemble. Mais ce n'était rien par rapport au bouleversement qui est né de sa liaison, des soupçons qui sont devenus peu à peu certitude et de son départ de chez nous. J'ai mis beaucoup de temps à m'en remettre. Ce qui m'a le plus aidée dans la restauration de moi-même, outre le temps et la volonté de m'en sortir, c'est la conscience tardive de l'étrangeté de cet être-là dans la vie ordinaire. Il avait une sorte de décalage, de distance qui le rendait peu apte au conformisme social et amoureux. En quelques moments fugaces, j'ai pu voir l'émergence de traits de folie. C'est le point essentiel sur lequel je voulais insister et qui vous aidera peut-être à mieux comprendre sa personnalité. Il n'empêche que je ne peux pas l'imaginer une seule seconde commettre le crime qui lui est reproché. Voilà, madame le Président, ce que je tenais à vous écrire.

– Je joins aux débats cette lettre, qui se termine par une formule de politesse classique. Monsieur l'Avocat général, avez-vous une observation à formuler ?

– Il n'y a rien de nouveau. Sinon que l'allusion à ces courts instants de folie montre bien qu'il était capable de faire n'importe quoi !

– Maître ?

– Aucune observation, madame le Président.

6

Quand mon avocat m'a parlé de cette lettre ce matin, j'ai été étonné et puis j'ai laissé faire. Ce qu'elle a écrit n'est pas faux. J'ai tenté, le mieux possible, d'incarner l'homme classique et l'époux exemplaire, mais il y avait comme un grippage. Être père, ça allait. L'avocat général bout d'impatience. Il n'en peut plus de se retenir. C'est trop cruel de le faire attendre ainsi !

7

– Monsieur l'Avocat général, vous avez la parole.

Chamarré comme un maréchal soviétique, l'avocat général se lève et commence son discours. Il annonce d'emblée qu'il ne sera pas long, ce qui est généralement le signe d'une extrême prolixité. Il va et vient, quittant son estrade pour s'adresser d'une voix tonnante aux jurés. La cause est entendue, l'accusé coupable et la sanction doit être exemplaire. Pas un doute, pas l'ombre d'une incertitude. C'est une machine qui tourne à plein régime et qui évacue soigneusement tout ce qui aurait pu venir la distraire de sa course implacable. On a l'impression que les débats ont été mis entre parenthèses et que le dossier de la procédure a repris toute sa vigueur, comme s'il ne s'était rien passé depuis que la greffière a lu l'ordonnance de mise en accusation. D'évidences en pétitions de principe, le réquisitoire s'enfle et se développe : il faut que l'homme du box, détenu provisoirement depuis plus de deux ans, soit coupable. Il l'est parce que je le décrète, de ma bouche ne sort pas la vérité imparfaite de l'avocat mais la vérité absolue du magistrat. L'avocat général, dans l'exaltation de son pouvoir et la force de son verbe, ne parvient plus à se maîtriser et se laisse emporter par le pur jeu des mots. Dépassé par un mouvement qu'il ne contrôle plus, l'orateur entend sortir de sa bouche des métaphores absurdes qui évoquent la Shoah ou comparent la mort de Marie à la crucifixion. En plus, c'est long, insupportablement long. Le seul sursaut, c'est un passage, malheureusement, lui, trop rapide, sur le déni qui interdit à l'accusé de dire la vérité. Bloquée par sa censure et sa honte intimes, elle ferait trop de mal et détruirait la belle image de soi dont il a besoin pour se supporter. Excepté cet intermède pertinent, tout ennuie et on attend le couperet de la demande de peine avec une espérance sans cesse déçue, parce qu'en plus ce discours appartient à la catégorie de ceux qui ne savent jamais s'achever. Pourtant, un frémissement saisit la salle, les jurés se reprennent, la présidente se remet à noter. On est heureux, on est presque arrivé au port. On entend enfin un chiffre. Douze ans. Franchement, c'était pourtant aride et aucun détail n'a été épargné, mais on ne parvient pas à comprendre comment ce quantum a pu arriver là, surgi de quel raisonnement et fondé sur quelles données. Mais on a une peine, l'avocat général a rempli sa mission, il a fixé la sanction. Il se rassied. Il n'est pas mécontent de lui.

Les habitués de la salle, en attendant la plaidoirie de l'avocat, font une moue dubitative devant la prestation de l'accusateur. Ils ne l'ont pas trouvé au meilleur de sa forme.

– Madame le Président, madame et monsieur les conseillers, mesdames et messieurs les jurés, je suis avocat, je viens porter la parole de mon client, je dois parler pour lui, et pourtant, en cet instant précis, je tremble comme si je doutais de ma capacité à assumer cette mission. La plus belle. Défendre. Défendre un innocent. Convaincre, vous convaincre de l'innocence de cet homme qui est là, derrière moi, et qui a confiance. C'est pourtant le plus difficile, démontrer une innocence, parce que, d'abord, établir qu'on n'a rien accompli et rendre manifeste une inaction, c'est une tâche presque impossible. Ensuite, et surtout, au fond de nous tous, il y a ce soupçon qui traîne et qui nous persuade que chacun est toujours un peu coupable, qu'il n'y a pas de fumée sans feu et de crime sans des responsabilités diffuses. Il n'a pas tué, il n'a pas poussé Marie dans le vide, mais vous pouvez penser, vous pensez sans doute qu'il avait, avant, fortement perturbé son existence et altéré son bonheur. C'était clairement un empêcheur de vivre. Cela ne fait pas de lui un coupable. Vous avez entendu les témoins Brouzy, Clieu et Praraud. Le dernier a eu une dispute avec Marie et mon client n'a jamais nié avoir eu une altercation avec elle au cours de la soirée. Dans ces fêtes, telles qu'on les a décrites, tout circulait, la drogue, l'alcool, les corps. On sait aussi que la drogue était livrée par un fournisseur unique et qu'on peut tout imaginer sur le plan des magouilles et des coups fourrés. Marie, sa mère nous l'a confirmé, dans les derniers temps s'assombrissait. Sa mélancolie, qui frappait ses proches même lorsque l'ambiance était à la joie, s'était aggravée et je veux bien croire que les scènes que lui faisait mon client n'étaient pas sans incidence sur son humeur. Alors, où chercher ? Surtout, pourquoi ne pas chercher ailleurs ? Il y a trop de doutes pour que vous puissiez prétendre avoir une certitude. Je ne vous demande même pas de le déclarer innocent, si vous avez scrupule à édicter un acquittement d'absolution. Il me suffit que votre arrêt l'acquitte pour non-culpabilité et que le doute lui bénéficie. Je sais bien que, même si vous n'avez pas à motiver votre décision, votre intime conviction pourra vous faire aller dans n'importe quel sens. Mais ayez dans la tête que, contrairement à une idée reçue, l'intime conviction n'est pas le droit à l'impressionnisme. Il faut que vous vous forgiez une certitude, une conviction, mais intimes et personnelles. La certitude forte qu'un doute substantiel existe, et qu'il doit être pris en compte, c'est une démarche respectable et qui ferait de vous des juges exemplaires. Acquittez mon client. Il n'a rien fait. Laissez-le repartir vers son destin. Acquittez-le, même du bout de l'esprit. Acquittez-le, même à contrecœur. Mais acquittez-le.

8

J'ai le dernier mot. C'est le pire des cadeaux. Comment être à la hauteur de ce qu'attendent, de ce qu'espèrent les jurés ? Le mieux est de me taire. J'ai suffisamment dit que je n'avais rien fait. À force de me l'entendre ressasser, ils vont finir par ne plus me croire.

– Madame le Président, je n'ai rien à ajouter.

9

La présidente a lu un très beau texte sur l'intime conviction. Elle a informé le jury que seule l'ordonnance de mise en accusation demeurera à leur disposition lors du délibéré, avec les notes que chacun aura prises durant les débats. Les jurés supplémentaires seront emmenés dans une pièce séparée où ils devront rester jusqu'au prononcé de la décision. Le chef du service d'ordre veillera à ce que personne n'entre dans la chambre du conseil, sauf autorisation de la présidente. Celle-ci se retire avec le jury pour délibérer. La greffière s'occupe des jurés supplémentaires. Maître Gras laisse son numéro de portable pour qu'on le prévienne, le moment venu, de la reprise. L'avocat général, lui, va patienter dans son bureau tout proche. Il a des journaux à lire, du travail en retard et peut-être aura-t-il, comme souvent, la visite de tel ou tel journaliste qui viendra aux nouvelles. Il est dix-sept heures et les habitués spéculent sur au moins quatre heures d'attente. L'accusé est gardé par des membres de l'escorte dans la salle qui lui est destinée pour les suspensions du déjeuner et les pauses en cours d'audience.

On aimerait se trouver dans la chambre du conseil pour

pouvoir, témoin muet et attentif, assister aux échanges, peser les interrogations et les réponses, évaluer les doutes et les certitudes. On serait surpris, en tout cas, par l'absolue liberté de ton qui y règne et qui est aux antipodes de la servilité et de la dépendance qu'on imagine. Ces jurés sont aussi des gens qui lisent les journaux, écoutent la radio et regardent la télévision. Mal informés, sans doute, sur les choses judiciaires, ils en savent tout de même assez pour ne pas s'abandonner complètement au pouvoir des professionnels. Dans leur tête flottent des notions qui ne font pas d'eux des spécialistes mais des citoyens curieux et pétris d'une culture de l'actualité qui leur permettra, sur tous les thèmes qui vont être nécessairement abordés, responsabilité individuelle, psychologie, drogue, prison, doute et innocence, de n'être pas ridicules ou dépassés. Le risque est inverse qui pourrait conduire certains à se croire investis d'une connaissance supérieure à celle dont ils disposent réellement et à tomber dans une arrogance dévastatrice. Mais on peut compter sur leurs voisins pour rabattre leur caquet et les ramener à une juste appréciation d'eux-mêmes. Pour peu que des magistrats ne se souviennent pas que l'époque a changé et que leur savoir ne constitue qu'une chance technique, et non pas une supériorité d'essence, les jurés d'aujourd'hui se font un immense plaisir de le leur rappeler en opposant une résistance légitime et en dénonçant tout ce qui pourrait ressembler à un coup de force.

Aurait-elle envie de manipuler les jurés que la présidente ne l'oserait pas. Un tel comportement, d'ailleurs, serait totalement contradictoire avec sa philosophie et sa pratique qui l'ont rendue tellement attentive aux risques d'abus et de vanité qu'elle n'intervient jamais que sur des points techniques, quand elle est sollicitée ou que ses assesseurs n'ont pas fourni les réponses qui convenaient. Madeleine Dubois ne donnera jamais à haute voix son avis sur la culpabilité de l'accusé et se gardera de participer au débat à ce sujet pour ne pas influencer quelques jurés qui auraient trop confiance en elle ou un magistrat désireux de lui complaire. La discussion a abordé le vif du sujet après que chacun, d'abord, a donné rapidement son point de vue, dans une approche immédiate. Maintenant on croise le fer avec vigueur et courtoisie, on se combat, on se provoque, on suppute, on pense à voix haute, on écoute, on hésite, on se détermine, on conclut peut-être déjà. Qui voudrait sortir de ce beau jeu de piste de la vérité y serait impitoyablement ramené !

Demandons à l'assesseur Bernard qui s'est cru autorisé, avec une violence conforme à son tempérament et à sa rigidité intellectuelle, à rudoyer Lionel qui s'était contenté de souligner que la preuve de la culpabilité devait être impeccable. Aussi grossièrement interpellé, Lionel a réagi avec une vigueur à laquelle, sous cape, tout le monde a rendu hommage. La présidente, qui attendait et craignait un incident de cette nature avec Bernard, a été ravie de la riposte et, de fait, à partir de là, l'assesseur s'est modéré au point de disparaître dans son quant-à-soi. Les preuves de la culpabilité sont examinées une à une, telles qu'elles ont été rapportées par l'avocat général dans son réquisitoire et contredites par l'avocat, confirmées ou non par les témoins et les experts, surtout le légiste. La présidente qui, grâce à son devoir de réserve, a cette chance d'entendre sans s'impliquer, peut admirer la joute et en particulier le talent et la lucidité de sa collègue Juliette. Elle avait bien raison de compter sur elle ! Elle perçoit, à nouveau, ce qu'elle a toujours su. L'habileté tactique ne réside que dans la sincérité. Le grand art, c'est de tromper son monde en ne lui cachant rien.

Plus de deux heures ont déjà passé. Dans un propos de Juliette, quelque chose de fugace et de surprenant accroche l'attention de Madeleine Dubois. Elle trouve que l'accusé est étrange, intelligent, avec trop de haine, un être tout d'un bloc comme s'il n'avait le choix qu'entre tout ou rien. Sa personnalité lui semble serrée dans un étau, comme s'il avait peur qu'une autre surgisse de l'ombre. Elle s'étonne de ce bout de phrase qu'elle a notée le premier jour : je ne l'ai pas tuée, je ne peux pas l'avoir tuée. Il semble osciller entre la certitude de ne pas l'avoir fait et l'horreur, mais déniée, de l'avoir fait. Pourquoi Juliette a-t-elle eu cette impression qui tranche avec celle de la plupart des jurés ? D'où tire-t-elle les doutes qu'elle exprime sans insister ? Il semble que Madeleine a été la seule à faire un sort à cette incidente de Juliette, qui pourrait expliquer l'embarras que la présidente éprouve depuis le début du procès devant cet accusé à la fois brillant et inquiétant Elle se rappelle ses variations sur la dénégation et le souvenir Elle essaie de deviner, mais c'est une tâche presque impossible dans ce brouhaha créatif et chaleureux, de quel côté penche la majorité. Si elle devait risquer tout de même un pronostic – elle s'est pourtant si souvent trompée dans ses intuitions ! –, elle inclinerait en faveur de l'absence de culpabilité. Un signe qui montre ce glissement vers l'acquittement, c'est que ceux qui s'accrochent à la thèse inverse se sentent obligés d'adopter un ton plus combatif, comme si la vérité à laquelle ils tiennent leur échappait et qu'ils cherchaient, de plus en plus crispés, à la retenir. Madeleine perçoit aussi ce mouvement inévitable mais choquant qui fait que l'objet du débat se déplace et qu'il concerne moins l'accusé que les témoins jugés antipathiques. Ainsi, à plusieurs reprises, le nom de Praraud est revenu dans la conversation comme un repoussoir et il a détourné les uns et les autres de la véritable interrogation. L'accusé bénéficie ainsi de ses adversaires. Surtout, c'est chaque fois la miraculeuse aura dont l'avocat est gratifié, contre l'accusateur. Que celui-ci ait été médiocre comme le nôtre, pense Madeleine, ou non, à tout coup l'indéniable force des principes sur lesquels s'appuie un réquisitoire est balayée par l'affirmation de considérations générales et sa traduction sur le visage de l'accusé. L'intérêt social, l'ordre public, la loi, la justice peuvent nourrir le discours le plus remarquable qui soit, celui-ci aura infiniment moins d'impact que la détresse dont on verra la trace sur un visage, que la solitude qui pourra se lire dans un comportement ou que la folie qui s'inscrira dans un regard.

Madeleine Dubois, dans ses jeunes années de formation, avait caressé l'idée de devenir avocate, mais elle l'avait abandonnée. Elle avait craint que l'absence de discipline intellectuelle, une liberté plus grande et des tentations plus nombreuses ne l'entraînent rapidement au fond du gouffre, celui du talent factice et de l'argent facile. Elle n'avait jamais regretté son choix. Elle avait aimé l'ascèse que lui imposait sa fonction, les limites qu'elle lui assignait et ce mélange de vrai pouvoir et d'inconfortable modestie sociale qui résultait de son exercice. Cela ne l'avait jamais empêchée d'envier cette grâce de principe qui s'attachait au métier d'avocat. Plus elle en rencontrait et les écoutait, plus, ironiquement, elle s'émerveillait de cette onction qu'ils ne cessaient de recueillir, qu'ils ne méritaient pas toujours et dont ils ne percevaient pas assez le caractère inouï. Les échanges, alors que la présidente écoute et se parle en même temps à elle-même, deviennent moins vifs, il y a parfois des silences. Est venu le moment de voter à bulletins secrets sur la culpabilité de l'accusé. C'en est fini des supputations. Maintenant, on va statuer et décider. Madeleine a laissé beaucoup de temps au jury pour sa réflexion. L'arrêt est tout proche. L'excitation, après l'accalmie d'avant, est revenue. Chaque juré fait consciencieusement son travail et inscrit son oui ou son non. Madeleine et ses assesseurs aussi. Bernard n'en peut plus de se maîtriser, et Juliette, qui a voté non, se demande, immédiatement après, si elle n'a pas commis une grave erreur. Les bulletins pliés sont remis à la présidente qui les dépose dans l'urne. Devant les jurés très attentifs, elle procède au dépouillement. Madeleine Dubois leur a bien précisé qu'ils avaient le droit de vérifier les bulletins après elle, mais aucun n'use de cette prérogative. Au fond, elle n'est pas surprise par le résultat. Cinq jurés ont considéré l'accusé coupable de meurtre, six autres ont répondu par la négative à la seule question posée, et un dernier juré a remis un bulletin blanc qui, selon la procédure, bénéficie à la défense. C'est l'acquittement puisque, pour une condamnation, il aurait fallu au moins huit voix défavorables. La présidente mentionne le résultat du vote sur la feuille des questions contresignée par le premier juré, Guillaume, et va faire détruire les bulletins.

La décision acquise, une sorte de mélancolie tombe sur tous. C'est la fin d'une aventure et le relâchement d'une tension. Comme après certains moments intenses, uniques et trop attendus, les corps et les psychologies semblent se déliter dans l'attente de la prochaine épreuve. Mais il n'y en aura pas d'autre pour ce groupe qui va pour la dernière fois revenir à l'audience avec la présidente et rendre publiquement l'arrêt d'acquittement. L'avocat général et maître Gras ont été prévenus de la fin du délibéré et sont à leur place depuis quelques minutes. Leur arrivée dans la salle d'audience a entraîné un vif mouvement, et le public, qui commençait à trouver l'attente insupportable, s'est engouffré dans la partie qui lui est réservée.

Au-delà de l'impatience, il règne à ce moment-là une forme de respect pour le travail d'un jury qui, durant des heures, s'est posé les questions et a apporté les réponses, les mêmes que celles que le commun des spectateurs a brassées dans le délibéré sauvage qui naît dans les marges de toute cour d'assises. On sait qu'aucune diversion n'a été opérée, aucune distraction admise, aucune légèreté tolérée. La gravité nécessaire des procès criminels explique leur charme sombre. On n'a pas évoqué ses petites affaires, ni raconté sa soirée de la veille, ni commenté les programmes de la télévision comme durant ces délibérés correctionnels mi-judiciaires mi-ludiques. Au contraire, on ne s'est entretenu que de l'affaire, bien ou mal peut-être, mais seulement d'elle. Un jury d'assises, qu'il réapparaisse avec une peine sévère ou modérée, suscite un sentiment de révérence, car l'important, alors, est moins la sanction ou l'absolution que la manière inimitable dont l'une ou l'autre a été décrétée.

Un bruit de pas, une porte à double battant qui s'ouvre puis se referme, la sonnerie est imminente, des gens se lèvent déjà dans la salle, cet instant est étrange qui met de l'angoisse, parfois de la honte au cœur de chacun. Bien sûr, fi de cette fausse attitude christique qui veut faire croire que la charge est aussi lourde sur les épaules du tout-venant que sur celles de l'accusé, par une solidarité abusive ! Il n'empêche que, maintenant que la cour et le jury reviennent dans la salle, le silence devient palpable et l'incertitude, à la fois tourment et délice, lancinante. Heureusement, la présidente n'appartient pas à cette catégorie de magistrats qui, avec un sadisme raffiné, communiquent leur décision au compte-gouttes pour porter l'atmosphère à l'incandescence et faire ressembler la fin d'un procès au coup de théâtre qui clôt les romans policiers. Non, Madeleine Dubois, sans fioritures inutiles, en vient rapidement à l'essentiel qui est que la cour et le jury ont répondu non à la question sur la culpabilité. L'accusé est donc acquitté.

Beaucoup de journalistes sont restés malgré l'heure tardive et c'est la ruée pour annoncer la nouvelle, afin qu'elle puisse apparaître dans les quotidiens du matin. Les jurés ont déjà regagné les coulisses pour les adieux. L'avocat général est demeuré à sa place, pétrifié, sans rien comprendre. Maître Gras s'avance vers lui non pour connaître ses impressions – elles se lisent sur son visage – mais pour aller saluer avec lui la présidente et ses assesseurs, selon la tradition parisienne. L'accusé est déjà sorti du box et il va être, dès que possible, ramené à la prison pour sa levée d'écrou. Le contact entre l'avocat général et les trois magistrats manque de chaleur, d'autant plus que la présidente, sur un ton qui ne semble pas de pure forme, félicite l'avocat pour son attitude à l'audience et pour sa plaidoirie dont la qualité a marqué les esprits des jurés. Ceux-ci ont quitté la cour il y a très peu de temps et l'au-revoir se serait éternisé si Madeleine Dubois n'avait pas tempéré les manifestations d'amitié et le brouhaha collectif du départ. Elle sait d'expérience que rien n'est plus choquant que l'hiatus entre le tintamarre des annexes et le silence souvent tragique de la salle d'audience. Maître Gras, après avoir remercié la présidente, salue l'avocat général et tente de contenir son bonheur pour ne pas offenser son adversaire, qui ne se remet pas de cette décision vécue comme un échec personnel. Après avoir recherché ses affaires dans la salle, il s'apprête à quitter les lieux quand il rencontre à nouveau l'accusateur qui emprunte le même chemin que lui et, sur un ton aigre et déplaisant, se met à critiquer la pratique de la présidente. Elle ne connaîtrait pas ses dossiers et, épouvantablement laxiste, elle ne « tiendrait » pas ses jurés. Bref, cet acquittement est un scandale. Olivier Gras se sent obligé de répondre et se contente de souligner qu'il a déjà eu des expériences pires que cette audience. Au moins, cette présidente, contrairement à d'autres, ne dirige pas les débats le nez dans son dossier, en feuilletant les procès-verbaux, sans jamais regarder l'accusé. Elle a montré qu'elle avait la procédure en mémoire et a présidé avec équité et allure.

L'avocat général ne poursuit pas le dialogue et, franchement dépité, s'en retourne vers son existence privée où il pourra dire tout le mal qu'il pense de certains de ses collègues sans être contredit par son épouse avec laquelle il n'a pas besoin d'un vote pour décréter. Juliette et Bernard ont laissé la présidente dans son bureau où elle a un peu de rangement à effectuer. Les deux femmes ont manifesté la ferme intention de se revoir. Maintenant, c'est le silence dans le bureau de Madeleine. Elle vaque machinalement, remuant sans véritable nécessité tel ou tel objet. En fait, elle a besoin de jouir de quelques minutes de solitude, comme d'une sorte de sas avant de plonger dans la vie ordinaire, celle où l'exceptionnel et l'extrémité, le crime et le criminel ne constituent pas une drogue mais un repoussoir. Elle sait que, pendant un ou deux jours, elle aura du mal à apprivoiser la fadeur de l'existence avant de reprendre son rythme et ses habitudes de femme. Il est temps de partir, tout de même. C'est seulement maintenant qu'elle songe à son mari, à sa famille. Elle est heureuse de les retrouver mais leur réalité n'envahit que lentement le champ de son être longtemps occupé par des préoccupations moins familières. Non, elle n'a rien oublié. Elle éteint la lumière et rejoint l'escalier qui va la conduire dans les couloirs à cette heure déserts du Palais, immense réceptacle en vacance, avant d'accueillir demain, à nouveau, toutes les souffrances du monde, l'humanité victime et coupable.

Tous les jurés, ceux qui ont délibéré et les deux supplémentaires – Nathalie, pour une fois, n'a pas râlé, elle a compris que ce n'était plus le moment et que les autres risquaient, saturés, de lui en tenir rigueur –, forment un groupe sur le trottoir devant le Palais. Avec une gaucherie timide et émue, on échange les derniers mots. On se promet, évidemment, de garder le contact, mais, au fond de soi, on sait bien que ce n'est que du vent. Françoise prend un taxi. Raymond est attendu par son épouse. Les autres s'engouffrent dans la station de métro la plus proche. Guillaume et Pauline restent l'un devant l'autre et ils n'ont pas besoin de mots pour appréhender ce qui se passe en eux et qui, dans quelques heures, va les nouer dans une fusion amoureuse où une subtile inquiétude se mêlera comme souvent à la plus grande joie. Le poncif de l'amour éternel n'est pas faux. Il y a, lors de l'union des corps, l'éternité de l'amour.

Madeleine est rentrée chez elle. Pierre est couché et lit un essai politique. Elle ne parviendra jamais à comprendre cet esprit de sérieux, mais cet homme, qu'elle regarde comme si elle l'avait perdu de vue depuis des lustres, elle l'aime, elle le veut et elle le désire. Laurent passe la soirée avec des copains et Élodie, pour une fois, s'est couchée tôt. Madeleine observe ce visage, écoute ce souffle et sent cette odeur. Un apaisement, le retour à l'ordre des choses et à la normalité de l'univers. La douceur, avec cette puissance des sentiments qui se coulent avec évidence dans le moule du monde, reprend ses droits. Madeleine prend une douche. Pour se débarrasser, mais de quoi ? La saleté humaine ne l'a jamais dégradée. Peut-être cherche-t-elle à se défaire des fragments de doute qui lui collent toujours à l'esprit après une décision. Désire-t-elle vraiment Pierre à cet instant, comme elle l'a senti lorsqu'elle l'a vu en arrivant et qu'elle a épelé, pour se rassurer, les lettres de son bonheur ? Sincère, allant au plus profond, elle s'avoue qu'elle a envie de l'intensité physique de l'amour, de la violence que ses gestes, même les plus raffinés, comportent, pour supporter le vide qui l'étreint quand tout est fini. Baiser est vraiment la seule activité – la vulgarité du terme relève sans doute de la même nécessité – qui soit à la hauteur pour compenser la dépression qui suit inéluctablement le procès. Il n'y a que le corps et sa capacité infinie à parcourir toute la gamme, de l'instinctif le plus élémentaire au tendre le plus délicat, qui puisse faire oublier le creuset criminel où brûlent les passions, se détruisent des destinées et se restaurent des existences. Madeleine éprouve de la gratitude pour son mari qui, comme s'il avait deviné, lui offre un plaisir sans pareil. Dans le silence, elle s'abandonne avec une passivité qui, rare et voulue, porte Pierre au comble de ce que sa passion peut donner. Lorsque leur jouissance les fait exploser dans une volupté qui, si intense, est presque souffrance, ils ont la certitude d'avoir gagné un peu de répit dans la dégringolade vers leur mort.

10

Libre. Je suis libre. Acquitté. Je suis acquitté. J'ai l'impression que je deviens une loque, que mon corps s'effondre, que ma chair ne me soutient plus et que mon esprit s'égare. Je ne sais pas ce qui se passe mais je suis envahi, possédé par mille sensations étranges et des fourmillements de tout l'être. Une métamorphose, un bouleversement s'opèrent qui détruisent à petit feu la personne que je suis et tentent d'en faire surgir une autre, jusque-là cachée, refoulée. Une histoire sombre, obscure, et qui voudrait venir à la lumière s'agite sous ma surface et, sans vergogne ni décence, s'efforce de chasser l'apparence qui me rassure. Des nuages et des orages, des bribes d'images, la brutalité inouïe d'une séquence de vie que je ne parviens pas à maîtriser et qui m'angoisse. J'ai mal au crâne et, en même temps, ma tête se vide. Ce qui m'a tenu debout et m'a dicté un discours semble s'effriter à chaque seconde. La justice était-elle ma colonne vertébrale et ne suis-je plus rien sans elle, en tout cas plus le même ? Peut-être, douloureusement, lentement, mes yeux s'ouvrent-ils et mon âme se reconnaît-elle enfin ? Il y a en moi une telle révolution, qui, par un immense et interminable voyage intérieur, me tord et me fait passer de la satisfaction heureuse de tout à l'heure, à l'instant de l'acquittement, à une dépression chaotique, à une perte des repères qui m'aidaient à demeurer le personnage que je voulais être, que je crois vraiment, maintenant, que je deviens fou. Cette folie, toutefois, loin de me plonger dans l'incohérence, si elle me déstabilise et me rend étranger à moi-même, ouvre de nouvelles pages et m'oblige à lire ce qui, au fond de moi, prétendait rester secret, pour m'épargner sans doute. Des bouts de nuits, des fragments et des éclats de verre, un bruit insupportable, une chute qui n'est ni rêve ni réalité, un cauchemar venu de loin, une action refusée de toutes mes forces, une terreur sans nom, une question qui exige maintenant une réponse, un voile qui se déchire, une mort que je n'ai pas voulue, une mort dont mes mains sont responsables et coupables. Je suis fou mais je sais.

11

Sur la terrasse, Marie Boise voit revenir vers elle Frédéric Loriot. Il semble calmé depuis leur violente dispute au sujet de Brouzy. Marie est heureuse de le retrouver pour, elle l'espère, enfin un moment de paix. Il y a les débris du verre que Praraud a jeté tout à l'heure. Alors qu'il est proche à la toucher, Marie songe, en souriant intérieurement, qu'elle ne va pas l'entretenir de cet incident et de l'étonnante appétence qu'éprouve ce fade personnage pour elle. À un autre que Frédéric, elle pourrait raconter l'absurdité de ce désir et tout de même l'hommage flatteur qu'elle y voit. Elle lui tourne maintenant le dos car elle sait qu'il adore embrasser sa nuque. Elle sent son souffle sur elle, son silence est étonnant, lui qui a l'habitude d'étouffer la queue de leurs querelles sous une avalanche de mots, il pose ses mains autour de son cou, elles sont moites et tièdes, quelque chose lui murmure qu'il y a danger, elle veut se retourner pour le regarder droit dans les yeux mais elle n'en a pas le temps, il la pousse avec une force décuplée – mais par quoi, mon Dieu, se questionne-t-elle dans un dernier cri intérieur ? –, sa résistance ne sert à rien, elle cède sous la pression de ses mains, sous la violence de sa folie. Elle tombe, elle va mourir, elle est écrasée au sol, sur le ventre, rouge, noire et blanche.

Frédéric Loriot est descendu à l'étage et va s'acharner à oublier et à enfouir, il y parviendra durant le procès. Son déni remarquablement efficace aura convaincu, même si Juliette, avec la présidente peut-être, a perçu, par une intuition supérieure, l'étrangeté de son attitude et de sa personnalité. Acquitté, Marie a repris vie en lui. Maintenant, Frédéric Loriot va devoir supporter le crime et son souvenir. Dans le fourgon qui le ramène pour la dernière fois en prison, il regarde ses compagnons de trajet et se demande s'il en est, comme lui, qui vont crier leur innocence et qui, justice rendue, se découvriront eux-mêmes. Paris et ses lumières dans la nuit, il va les revoir en homme libre, mais ce qui, hier, suscitait de l'exaltation, aujourd'hui le laisse indifférent. L'odeur de graillon et d'eau de Javel de la maison d'arrêt, elle, n'a pas changé. Loriot ramasse ses affaires sous la surveillance décontractée d'un maton qui lui a manifesté de la sympathie dès le premier contact, il ne sait pourquoi. Peut-être l'humanité tout simplement, ou l'intuition absurde de son innocence ? Ils se dirigent, avec force ouverture de portes, vers le lieu où il sera procédé à la levée d'écrou. À quelques minutes de sa libération, Loriot n'en éprouve aucune joie. Ce n'est pas la peur classique du dehors qui envahit ceux qui sont restés dedans. Ce n'est pas non plus cette tendance qu'a toujours eue Loriot de se camper à contre-courant, de se situer en décalage, du mauvais côté de la juste attitude. Là où il fallait rire, il offrait à tous un visage sombre. Mais c'est autre chose qui le taraude. Le sentiment que rien n'est important dans l'existence qui l'attend. Il ne parvient pas à créer cet appétit, cette curiosité, cet enthousiasme de pure circonstance et qui serait tellement compréhensible, à l'approche de l'ouverture de la porte centrale et de son expulsion à l'air libre. Loriot porte effectivement la mort de Marie comme un chagrin d'autant plus douloureux que son crime lui est apparu tardivement, dans un accouchement difficile. Les rues, le soleil demain, les conversations et les rires, les cafés et les cinémas, les soirs pleins de charme, la possibilité d'autres amours avec une âme renouvelée et prête aux défis et aux blessures, plus rien n'est pour lui parce que plus rien ne lui appartient. Il ne se sent plus digne d'un monde qui n'offre ses trésors qu'à ceux qui les méritent. La première pensée réflexe, quand, avec la bâtisse sombre derrière lui, il se tient sur le trottoir, c'est de se dire qu'après tout, il n'y a pas de différence sensible et immédiate. La seconde pensée, c'est de s'avouer qu'il vient de proférer une absurdité. La différence lui saute au visage au point que seul, perdu, il jouit pourtant, durant un court instant de répit, de son saut dans la liberté. Un appel de phares, comme si quelqu'un l'attendait. Difficile d'apercevoir la physionomie du conducteur. Celui-ci sort de la voiture et s'avance vers Loriot. Ils s'étreignent, deux frères dans les bras l'un de l'autre. Son ami, Julien Le Guernec, a eu la délicatesse de venir le chercher. C'est une surprise qui lui fait monter une émotion mouillée aux yeux. Étonnant comme Loriot est devenu perméable aux douceurs et à la sensibilité, alors qu'il a toujours eu les larmes en horreur, qu'elles soient la seule arme d'une femme dépourvue d'arguments ou la touche délicate sur une personnalité virile.

– Comment as-tu su ?

– J'ai téléphoné un peu partout. J'attends depuis un certain temps. Que veux-tu faire ?

– On pourrait aller manger un morceau ?

– Comme tu veux.

Les voilà partis. Ils arrivent rapidement dans le quartier des Halles. Julien stationne son véhicule dans un parking proche du *Pied de Cochon*. Frédéric n'a pas ouvert la bouche depuis l'échange bref et utilitaire de tout à l'heure. On ne peut même pas dire qu'il a contemplé, à travers la vitre, Paris dans la splendeur de ses lumières et de son animation. C'est plutôt une sorte de paresse, de fatigue, qui l'engourdit et lui fait préférer le silence à la parole. La conscience que toutes ses expériences sont incommunicables le bloque. Celle de la construction sincère du personnage innocent qu'il croyait être, celle de la prison, de ses cris, de ses odeurs et de son étrange fraternité, celle du procès et de l'acquittement, celle, surtout, de la porte ouverte sur sa nuit et sa vérité. Que pourrait-il transmettre à son ami de ces épreuves dont lui-même n'avait pas encore mesuré le poids et qui le laissaient en suspens devant l'avenir ? Maintenant que ses protestations d'innocence ne le protégeaient plus et qu'il était en contact brutal avec la douleur de sa perte, Marie le brûlait de manière lancinante. Cette obsession d'elle lui rappelait les moments bénis et intenses du temps de l'entente et de la passion, les caresses douces et données comme sans y penser qui révélaient la pente naturelle et affectueuse d'un caractère et d'une attirance, les disputes aussi qui, parce que les mots, tout à coup, devenaient un langage médiocre, insuffisant, étaient suivies par des empoignades amoureuses et exaltées qui constituaient le langage parfait dont ils avaient besoin. Sa fascination pour Marie et la volupté avec laquelle il s'enlisait dans une relation dont il souffrait étaient si consubstantielles à son être profond et à son rapport au monde qu'elles relevaient d'un univers impossible à appréhender par d'autres. *Au Pied de Cochon*, l'un en face de l'autre, en buvant du vin blanc avec un plateau de fruits de mer, ils tentent de reprendre pied, comme s'ils avaient tous deux à regagner la terre après avoir été égarés. Julien Le Guernec devine comme le retour à la vie libre de Frédéric est difficile. Aussi, il procède par petites questions dont l'intérêt immédiat n'est pas évident mais qui vont rassurer son interlocuteur, Frédéric, qu'il apprécie même s'il n'a pas toujours compris ses choix et la violence qu'il mettait dans tout. Le revoir lui fait chaud au cœur. Il lui manquait. Frédéric se désole de ne pouvoir offrir à Julien qu'un échange décousu qui montre à l'évidence que sa tête est ailleurs. Mais où est-elle précisément, sa tête ? Dans quel pays, dans quelle solitude ? Il ne parvient pas à se sentir concerné par ce qui s'agite sous ses yeux, fait du bruit, joue la comédie de l'existence et fait semblant de croire à son immortalité. Julien ne mérite pas cette triste sortie de prison, alors qu'il est venu le chercher pour lui donner de la force et au moins la certitude de leur fraternité. Elles ne servent plus à rien. Frédéric se vit comme une machine qui tourne à vide, sans désir et sans but. Il faut arrêter cette mascarade et renvoyer Julien dans son foyer. Celui-ci ne proteste pas quand Frédéric lui fait part de son envie de rentrer. Julien règle l'addition. Ils rejoignent la voiture. Frédéric demande à son ami de le laisser à la Maison de la Radio. Julien habite tout près et Frédéric reviendra chez lui rue du Commerce, à pied. Julien a beau protester, soupçonnant il ne sait quelle mélancolie encore plus grave, craignant que l'état de Frédéric le conduise au pire, rien n'y fait. Ils s'embrassent. Julien, à l'affût du moindre changement, croit sentir dans cet au-revoir un soulagement, presque une libération. Il en est blessé puis se blâme d'être susceptible. Frédéric a déjà emprunté le pont pour aller vers Beaugrenelle, il marche à grandes enjambées et ne se retourne pas. Julien se demande comment on dort, quand on vient juste de sortir de prison et que, pourtant, on n'est pas heureux.

12

Je suis seul. Enfin. La nuit cercueil et la nuit tombeau. La tristesse me couronne. Paris, je ne te reconnais pas. Je te regarde de travers. Le bruit de mes pas me fait mal. J'ai ma petite valise à la main. Je suis ridicule ainsi, sans espoir, dans la nuit noire. J'entends des cris. Je perçois, au loin, la rumeur du monde, celui qui est bien, celui qui est normal. Je croise deux, trois personnes auxquelles je ne saurais pas parler. Pour parler, il faut savoir aimer. Le ciel, sur moi, est un reproche constant. Je crois devenir fou mais je me trompe. Je vois clairement le visage de Marie qui s'affiche sur les cinémas et les panneaux publicitaires. Elle est revenue me faire payer mon crime. Il y a des étoiles qui me disent qu'il fera beau demain. Quand il y en a beaucoup, on m'a toujours dit que cela annonce du beau temps, et quand la lune est voilée, cela annonce la pluie. Qu'est-ce qu'il a à me regarder ainsi, celui-là ? Il veut ma photo ? Je ne reconnais plus mon chemin. Je suis perdu. Mais non, je suis chez moi. Je monte l'escalier. J'ouvre la porte. Cela sent comme la prison. J'oublie d'allumer. J'avance dans le noir comme un aveugle. Je n'ai plus envie de voir. Le monde n'a plus de goût, plus de saveur. Je suis dans une chambre. Il y a un lit. Le mien. Est-ce que j'ai déjà couché avec Marie dans ce lit-là ? Je n'ai pas sommeil. Je ne veux pas dormir. Je ne veux pas vivre. Je n'ai pas sommeil. Je ne…

13

Frédéric Loriot se lève à dix heures du matin. Il a mal dormi. Il a la tête lourde de cauchemars dont il ne se souvient pas. Bloc inerte et plein de confusion. Il fait sa toilette, soigneusement, se rase avec son rasoir mécanique après avoir mis beaucoup de mousse sur ses joues. Il ne se coupe pas. Il s'observe dans la glace. Il se reconnaît et ne se reconnaît pas. Le même et un autre. Il touche les cernes sous ses yeux et se masse le visage. Il se brosse les dents puis prend une douche. Il y a un reste de Tahiti sur le rebord de la baignoire. Il fait shampooing en même temps. Il se lave les cheveux. Il regarde son sexe avec une attention qu'il n'a jamais manifestée en prison. En prison, il se servait de lui assez régulièrement pour oublier, le temps d'un soupir, d'un vague plaisir. Il met un peignoir, va dans la cuisine. Il ouvre un placard. Il y a du café. Non, il ne va pas prendre son café ici. Il va prendre dehors son premier petit déjeuner d'homme libre. Sa petite valise est rapidement vidée des affaires qu'elle contient. Il met tout dans un sac poubelle qu'il descendra avec lui, tout à l'heure. Il ouvre les volets et le soleil est éclatant. Il se souvient vaguement d'avoir dit qu'il ferait beau à cause des étoiles. Il a eu raison. Il s'habille léger, chausse des mocassins sans chaussettes. Il a choisi un polo

Lacoste bleu. Il en a une multitude dans son placard. Marie l'aimait ainsi habillé. Il a mal à la tête, tout à coup, atrocement mal. Il se dirige vers la porte d'entrée, prend le sac poubelle au passage et descend jusqu'au rez-de-chaussée. Il ne rencontre personne, va dans le local jeter le sac.

Il sort de l'immeuble. La luminosité l'éblouit. Il a oublié ses lunettes de soleil, il aurait dû les prendre, il n'a pas le courage de remonter. C'est étrange, il se sent déjà un peu fatigué. Il a besoin de prendre son petit déjeuner. Il se rappelle que son café préféré est à vingt mètres de là, au coin d'une rue qui coupe la rue du Commerce. Il s'y rend. Il reste debout au comptoir, dans ce café qui s'appelle *Le Petit Zinc*. Il a commandé deux croissants. Le bistrotier moustachu le regarde avec un drôle d'air comme s'il le reconnaissait mais n'en était pas content. Il dit au patron qu'il va acheter des journaux en face mais qu'il reviendra tout de suite. Il achète *Le Figaro*, *Libération* et *Le Monde* de la veille. De retour au café, il mange ses croissants avec délices. Ils ne sont pas frais mais ce n'est pas grave. Ce sont les croissants d'un homme libre. Son café est froid. Il le boit tout de même puis en redemande un autre. Il ouvre *Le Monde*, arrive à la page Justice. Comme il s'en doutait, il n'y a rien sur le procès. Ce sera pour cet après-midi. Il lit, maintenant, l'article du *Figaro* qui annonce son acquittement et parle du témoignage de Praraud, très peu du réquisitoire, beaucoup de la plaidoirie. Praraud est malmené avec beaucoup d'élégance et de tenue : c'est *Le Figaro*. Pauvre Praraud. C'est bien de lui, Loriot, qu'on parle quand on écrit que l'accusé a été acquitté. C'est bien lui, qui est en train de boire son second café. Il a encore faim et demande un autre croissant. Le dernier. Il est sûr que *Libération* a dû être féroce avec Praraud. Pas du tout. C'est l'avocat général qui est dans le collimateur. Le tour de force, c'est de caricaturer quelqu'un qui est déjà une caricature. La journaliste Moignard continue sur son registre habituel : on ne sait rien de ce qui s'est dit mais on est informé du moindre détail de ses états d'âme. Après avoir lu ces articles, il ne se sent ni mieux ni plus mal. Cela lui apprendra à chercher dans la presse ce qu'il ne peut pas y trouver !

Il règle ses cafés et les trois croissants. Soudain, il se rend compte que, pour la première fois depuis longtemps, il n'a rien à faire, il ne sait pas ce qu'il a à faire. L'avenir est un grand trou noir qui lui fait peur. Avant, en dehors des contraintes vite expédiées de son travail, il y avait Marie qui lui dictait le rythme de son existence. Après, il y a eu la prison, le juge d'instruction puis le procès. C'était confortable, au fond, d'être ainsi ballotté d'obligations en devoirs, et de n'avoir jamais son mot à dire. Le soleil lui fait mal aux yeux. Quel contraste entre le vacant de son âme et l'éclatant de cette journée, la joie naturelle de Paris enrobé de lumière et de chaleur ! Il remonte chez lui chercher ses lunettes de soleil. Fatigué comme par une longue expédition, atteint par une langueur qui, si elle était physique, le laisserait indifférent, il a envie de s'étendre là, tout de suite, sur son lit défait et d'oublier. Mais on n'oublie rien, il n'oubliera rien. Son passé ne cesse pas de pourrir son présent et sa culpabilité demeure en lui, sentinelle malveillante, sombre signal. Il refuse de comprendre, arc-boutant ses forces, ce que lui prescrit cette sentinelle et ce que lui signifie ce signal. Une seconde d'ironie, pour se moquer de lui-même. Ma parole, il n'est pas loin de se prendre pour un personnage de Dostoïevski, torturé et suicidaire. Il résiste à ce besoin d'arrêter net le cours de cette matinée trop belle dehors, trop triste dedans, dans sa prison à lui. Il met ses lunettes de soleil et se retrouve dans la rue chauffée à blanc. Il est presque midi. Il hésite puis se met à marcher au hasard. Il se découvre avec un regard de touriste sur Paris, ses monuments et sa perfection qui éclabousse. Les choses, qu'auparavant il regardait peu car c'était Marie qui tenait lieu de tout, lui rentrent dans les yeux et la tête avec une telle intensité qu'on dirait, de fait, qu'il ne les a jamais vues ou qu'il les contemple pour la dernière fois. Suivant un itinéraire apparemment désordonné, il se laisse guider par son humeur et les caprices du hasard. Il ne sait trop comment cela se fait, mais, maintenant, il se trouve place du Châtelet.

Soudain, il prend la relève du hasard, c'est une résolution qui le saisit à l'instant. Un désir impérieux. Une nostalgie malsaine et irrépressible. Il se dirige vers la rue Saint-Denis. C'est une retombée en enfance qu'il appelle et qu'il attend. Pourquoi maintenant ? Il connaît la réponse à cette interrogation. Parce que ce quartier est imprégné par la saleté de l'âme et du corps, par l'ignoble offrande des chairs contre de l'argent, par l'horrible et implacable souffle de la bête humaine sur des corps qui sont là, à disposition. La vulgarité de ces lieux où le sexe se dépouille à chaque mètre des illusions qui, depuis toujours, l'ont embelli, lui fait du bien. Son être, qu'il ne supporte plus, qui l'a trahi en tuant le plus cher de sa vie, marche dans cette rue comme une ordure dans la fange. Il les regarde, ces prostituées, longue théorie de femmes jeunes ou vieilles, dépoitraillées, coloriées par des maquillages extravagants, blanches ou de couleur, avec des sourires ou une fausse impassibilité, atroces de laideur ou de misère mais aussi miraculeusement préservées, parfois, comme des fleurs vénéneuses, des seins, des culs à foison, un grouillement obscène qui, par enchantement, l'apaise parce qu'il ressemble à son propre enfer dégueulasse. Il s'arrête ici ou là, sans timidité ni fausse honte, et observe la marchandise.

Comme il est loin des émois du collégien qui venait se colleter avec cette perversion épandue ! Bizarrement, alors, il semblait qu'il y puiserait des forces, de l'énergie, un mode d'emploi pour la vie, alors qu'aujourd'hui il vient y chercher les signes de son déclin et la confirmation de son désastre. Pour les coupables, il y a très peu d'endroits qui soient à la hauteur de l'indignité. Il en a retrouvé un, peut-être le seul qui l'apaise à ce point, par une coïncidence parfaite entre ce qu'il est et ce qu'il voit. Il est arrivé presque au bout, il voit la porte Saint-Denis toute proche. C'est là aussi qu'il la voit. Une grosse pute au visage neutre mais dégoulinant de maquillage sur les paupières, les joues et les lèvres, avec un corps tel qu'on en rêve quand on cherche au fond de soi les images les plus vulgaires. Des attributs par lesquels le désir est harponné. Des seins volumineux, une croupe si crûment ostensible, faite pour créer des représentations enflammées, pour qui s'imagine en train de la caresser et de la couvrir de baisers. Une belle, une parfaite, une somptueuse ignominie. Celle du sexe qui a étouffé toute possibilité d'aller au-delà de lui, qui a fait table rase des rêves, des impressions, des interprétations. Il a envie de tout faire avec elle. Sans savoir où ses pas allaient le conduire en quittant son domicile, il a eu le réflexe de prendre beaucoup d'argent liquide. Il monte vers la chambre, il est derrière elle, et elle joue à merveille le rôle que sa destinée lui a dévolu : elle fait la pute, impeccablement.

Dans la chambre sordide, elle lui demande d'abord, son « petit cadeau », puis lui lave la queue. Elle veut l'obliger à enfiler un préservatif. Il refuse et gagne, grâce à un supplément. Elle est déjà nue, couchée sur le lit. Avant de la baiser, il l'invite à prendre toute une série de positions qu'il lui indique et qui l'excitent, en particulier à quatre pattes, ses orifices bien en évidence. Elle a des poils à profusion, dans la raie du cul aussi. Il bande et va la prendre de manière très traditionnelle. Il n'a pas envie de l'embrasser, ça tombe bien, elle ne voudrait pas. Il n'empêche que ses lèvres trop rouges le mettent au comble du désir. Il la pénètre et il jouit très vite. Ayant payé pour la panoplie complète, il se fait sucer et se retrouve, plus rapidement qu'il n'aurait cru, en état de renouveler l'action. Elle s'étend sur le dos et lui met les jambes sur les épaules. Il l'enduit de salive et l'encule. Il explose avec une intensité physique et un dégoût de soi sans pareils. Il se lave sans aucun soin, se rhabille et s'en va. C'est à peine si, dans cette chambre, il a échangé plus de deux mots, en dehors de la discussion sur l'argent et le préservatif. La scène a correspondu absolument à ce qu'il en espérait. Rien n'est venu en altérer le sordide exemplaire et sublime. C'est ce qu'il attendait de ce retour dans l'univers de l'adolescence, de cette intrusion dans ce monde de coupables.

Il est dehors. Il marche, de nouveau. Il sait ce qu'il a à faire. Une étrange paix l'habite. Il revient vers le Châtelet. Il croise des gens heureux ou malheureux, mais qui, tous, lui semblent vivants, présents et disponibles. Ouverts à demain. Même les apparences les plus effacées ont cette confiance élémentaire qui leur donne la vigueur pour survivre. Lui n'en est plus là. Il cherche ce qui pourrait le retenir, non pas dans les abstractions qu'on a coutume de dire ou d'entendre : la vie est belle, il faut croire au bonheur, il y a plus malheureux que soi, mais dans la réalité des choses, dans l'épaisseur de l'existence et de la fourmilière humaine. Il cherche mais ne trouve rien. Il y a un visage mort qui l'entraîne au fond du gouffre et aucun visage vivant dont l'image soit assez puissante pour le préserver de son envie de destruction. Il y a, bien sûr, les plaisirs simples mais qui n'ont jamais su constituer, pour lui, une justification assez forte pour aimer la vie. Il y aurait surtout l'espoir, car c'est cette attente naïve et renouvelée de chaque lendemain qui pousse à vivre. Mais cet espoir, justement, il est coupé à la racine chez lui. Il n'a plus envie d'espérer en l'espoir, de croire que tout est possible et que demain sera plus accueillant qu'hier. Place du Châtelet, il achète *Le Monde*. Il descend les marches et s'engouffre dans la station de métro. Il achète un billet et emprunte la direction de la porte d'Orléans. Sur le quai, il s'assied, déplie le journal et lit attentivement l'article que Dupont-Bérard a consacré au procès. Comme d'habitude, c'est un régal. Il juge l'acquittement normal et met surtout l'accent sur le témoignage de Praraud et la très mauvaise image qu'il a donnée, d'abord de lui-même, ce qui ne serait pas trop grave, mais du courage politique, ce qui est beaucoup plus préoccupant. Il ne lit pas les autres pages. Il dépose le journal sur un siège à côté de lui. Il est presque quinze heures. Il a toujours trouvé que l'odeur dans le métro était épouvantable. Un mélange d'humanité mal lavée et de moiteur souterraine. Quelque chose de l'odeur de la prison. Il fait nuit dans sa tête. Il se laisse aller, ses cheveux contre le frais du mur derrière lui. Il attend la rame qui va l'emmener. Il ferme les yeux. C'est fou, le nombre d'images fulgurantes qui traversent l'obscurité. L'acquittement l'a tué. C'est sa dernière pensée car le métro s'annonce à plein régime. Il se relève et se jette au bon moment, avec une précision absolue, pour mieux mourir.

TABLE

AUX ÉDITIONS LAJOUANIE

ROMAN POLICIER MAIS PAS QUE...

La Sirène du jardin Massey, de Jean-Luc Cochet
Poubelle's Girls, de Jeanne Desaubry
La Poule borgne, de Claude Soloy
20 manières de se débarrasser des limaces, de Jan Thirion

ROMAN

Le Don d'Hélène, de Gérard Pussey

DU MÊME AUTEUR

Contre la justice laxiste, L'Archipel
La France en miettes, Fayard
Le Bal des complaisants, avec François Sionneau, Fayard
20 minutes pour la mort, Robert Brasillach : le procès expédié, Éditions du Rocher
Et si on jugeait les juges ? avec Roland Agret, Mordicus
États d'âme et de droit, Le Cherche midi
J'ai le droit de tout dire, Éditions du Rocher
Pour l'honneur de la Justice, Flammarion
Plaidoyer pour une presse décriée, Filipacchi

Achevé d'imprimer en décembre 2014

www.editionslajouanie.com